LE CHAOS
DE LA DÉMOCRATIE AMÉRICAINE

RAN HALÉVI

LE CHAOS DE LA DÉMOCRATIE AMÉRICAINE

CE QUE RÉVÈLE L'ÉMEUTE DU CAPITOLE

6 janvier 2021

le débat
Gallimard

Pour Arthur et Juliette
Oscar et Luz

INTRODUCTION

Il existe dans la vie des nations des moments charnières – guerres, révolutions, bouleversements politiques – qui infléchissent le cours des choses et tracent dans la trame du passé une ligne de partage entre un « avant » et un « après » ; des ruptures tumultueuses ou secrètes que leur éclat originel ou leur inscription dans la durée et les empreintes qu'elles déposent dans la mémoire élèvent à la dignité de grands événements. Chaque peuple finit par s'accorder, plus ou moins, à reconnaître les dates constitutives qui scandent son histoire. La France, avec la singulière profusion des « Journées » qui l'ont faite, ou défaite, en est la terre d'élection. Non seulement parce que notre histoire remonte à un temps immémorial, mais encore parce que cette expérience historique, la lente transition des siècles aristocratiques aux temps démocratiques – féodalité, monarchie absolue, Lumières, Révolution, puis le long avènement républicain –, s'est construite plus qu'ailleurs à l'épreuve de violents déchirements au gré des régimes et des Constitutions : nos guerres civiles peuplent notre « roman national », histoire et mémoire mêlées, d'épisodes édifiants dont nous n'avons cessé de disputer le sens.

Toutes les nations sont appelées à passer au crible du savoir et des souvenirs les événements qui les ont « faites », pour les célébrer ou les déplorer. Mais ce n'est sans doute pas un hasard s'il n'existe pas aux États-Unis une collection d'ouvrages sur les « journées qui ont fait l'Amérique » – et pas davantage en Angleterre qui a « réglé » ses guerres civiles par une Glorieuse Révolution, avant d'entamer, à pas comptés, sa longue marche vers la démocratie. Il est vrai que les Américains forment une jeune nation dont le magasin des souvenirs et des oublis paraît moins surchargé que le nôtre. Et que leur récit national n'avait pas à accommoder deux traditions antagonistes – la France d'Ancien Régime et celle issue de la Révolution – qui entretenaient nos fractures nationales. Le patrimoine mémoriel des Américains est déposé, comme le dit Tocqueville, dans leur berceau[1] ; il se lit dans les promesses de sa Fondation, de l'installation des premières colonies à l'Indépendance, qui éclipsa pendant longtemps – et pour ainsi dire incorpora – les époques et les événements qui la suivirent : c'est dans la commémoration de cette scène originelle que des générations d'Américains reconnaissaient, et célébraient, du moins jusqu'à une date récente, leur « exceptionnalisme » national.

Si l'on demande en effet à un Américain d'énumérer les moments fondateurs (*defining moments*) de l'histoire de son pays, il s'en tiendra spontanément, pour peu que l'exercice lui paraisse avoir un sens, aux dates infaillibles qui participent de cette Fondation : l'arrivée des premiers pèlerins sur les rivages du Nouveau Monde, la Déclaration d'indépendance, l'adoption de la Constitution fédérale, puis la guerre de Sécession dont on peut considérer

1. *De la démocratie en Amérique*, t. I, première partie, chapitre II.

la conclusion comme une nouvelle naissance de la nation américaine… Il sera probablement plus hésitant sur le reste, j'ai pu moi-même le vérifier, encore que l'histoire des États-Unis ne manque pas d'événements de grande conséquence – l'abolition de l'esclavage (The Emancipation Proclamation, septembre 1862, complétée par les amendements à la Constitution fédérale, 1865-1870), ou l'institution du New Deal (1933), ou l'assassinat du président Kennedy (23 novembre 1963), ou le Civil Rights Act (1964) qui mit fin à toute forme de ségrégation et de discrimination, puis le Voting Rights Act (1965) qui interdit la discrimination raciale dans l'exercice du droit de vote, ou encore le 11-Septembre…

Récemment, signe des temps, une équipe de journalistes « éveillés », au terme d'une longue enquête, notifia aux Américains que la vraie fondation du pays remontait à août 1619, date de l'arrivée d'une vingtaine d'esclaves africains sur les côtes de Virginie, et, partant, que l'objet de la Révolution américaine n'était pas de consacrer la liberté et d'asseoir l'indépendance nationale sur le droit naturel, mais de défendre l'esclavage[1]. C'est une erreur, expliquait le préfacier de ce « Projet 1619 », erreur qu'il assimilait à un abus historique et une faute morale, de rapporter cette naissance à la Déclaration d'indépendance qu'on célèbre unanimement et qu'on apprend aux écoliers à vénérer ; c'est en 1619 que se nouèrent « les contradictions originelles » qui allaient définir l'histoire des États-Unis ; et c'est à partir de l'esclavage et du racisme que devait par la suite se constituer « tout ce qui rend l'Amérique exceptionnelle ». Lesdites « contradictions », pourtant, n'existaient ni en 1619 ni en 1776. Et les augustes principes de la Déclaration

1. « The 1619 Project », *The New York Times Magazine*, août 2019.

d'indépendance ne perdaient rien de leur ascendant, hier comme aujourd'hui, du fait de n'avoir pas été toujours respectés ; pas plus que l'exceptionnalisme américain ne pouvait se ramener à la question noire et au combat contre le racisme. Les assertions hasardeuses, les inexactitudes et les invraisemblances qui émaillent cette thèse en quête de corroborations introuvables – et très critiquée par d'éminents historiens – ne lui promettent guère une longue postérité[1] : sans doute était-ce trop présumer de la ductilité des Américains invités à entériner sur commande une fondation obscure dont naguère encore ils n'avaient jamais entendu parler.

★

Et l'émeute du Capitole ? Elle paraît à l'évidence moins tragique que l'effondrement apocalyptique des tours jumelles et les calamités en chaîne que les suites des attentats du 11-Septembre allaient infliger à des millions de personnes dans le monde : ne serait-ce que par sa résonance intime avec l'internationalisation du terrorisme, le tonnerre du 11-Septembre prolonge ses lendemains jusqu'à nous. Car la portée d'un événement ne se mesure pas seulement au bilan des victimes et des destructions qu'il produit. Elle se laisse apercevoir dans le retentissement et les empreintes qu'il imprime dans les tréfonds de la conscience nationale. Or, l'événement du 6 janvier 2021 a de quoi laisser perplexe et continue à diviser l'opinion américaine.

1. Voir notamment James McPherson, entretien donné au World Socialist Web Site, 14 novembre 2019 ; Sean Wilentz, « A Matter of Facts », *The Atlantic*, 22 janvier 2020 ; Leslie Harris, « I Helped Fact-Check the 1619 Project. The Times Ignored Me », *Politico*, 3 juin 2020 ; et l'analyse de Bret Stephens, « The 1619 Chronicles », *The New York Times*, 9 octobre 2019.

Les faits, aujourd'hui bien connus et surabondamment documentés, peuvent tenir en quelques phrases : ce jour-là, en début d'après-midi par temps glacial, une centaine de milliers de manifestants se rassemblent dans le parc de l'Ellipse qui jouxte la Maison-Blanche. Ils entendent exprimer leur soutien au président sortant qui venait de manquer sa réélection, dont il continue à contester les résultats : « Arrêter le vol », tel est le mot d'ordre du rassemblement. Au terme d'un long discours, ce dernier invite la foule à porter sa protestation au Congrès qui est alors réuni en séance plénière sous l'autorité du vice-président pour vérifier la validation du scrutin présidentiel, État par État, de l'Alabama au Wyoming, avec tout le décorum qui entoure cette procédure traditionnelle. Arrivés devant le Capitole, gardé par un contingent visiblement insuffisant et mal préparé, quelque huit cents manifestants cherchent à s'emparer des lieux. Armés des insignes portant le nom du président et des slogans devenus sa marque de fabrique – « arrêter le vol », « rendre sa grandeur à l'Amérique » –, ils parviennent à forcer les grilles de protection et à braver le faible dispositif de sécurité, puis à s'introduire dans l'immeuble. Ils y commettent des déprédations, fauchent des documents et du matériel informatique, s'offrent des souvenirs dans les bureaux de certains élus, celui notamment de la présidente de la Chambre des représentants dont ils espèrent se saisir, et manquent de faire irruption dans la salle où sénateurs et représentants sont en train de délibérer. La procédure de certification est suspendue. Les membres du Congrès cherchent refuge ou sont évacués par des agents fédéraux vers un abri sûr. Ces scènes chaotiques de violence, de vandalisme et d'allégresse, filmées par les émeutiers, sont relayées presque en temps réel dans les médias et les réseaux sociaux, cependant que M. Trump, méjugeant apparemment, ou réticent à mesurer, la gravité de l'insurrection qu'il observe à la télévision, tweete son « amour » pour ses auteurs, « des gens très exceptionnels », et reste sourd aux implorations paniquées de son entourage familial et de plusieurs élus de désavouer les violences et d'appeler au calme – il mettra longtemps à s'y résoudre. L'occupation du Capitole aura duré plus de quatre heures, avant que les forces de police et de la Garde nationale venues en renfort parviennent à évacuer les lieux et à rétablir l'ordre au sein et aux alentours du Congrès.

Cette insurrection sans repères produit une onde de choc à travers le pays, stupeur, révulsion et vive réprobation, sans pour autant réconcilier tant soit peu les Américains, plus que jamais « divisés contre eux-mêmes », pour citer le mot fameux d'Abraham Lincoln. Sans même les accorder sur le sens de l'événement qu'ils viennent de vivre et encore moins sur les suites qu'il eût fallu lui donner. Un sondage publié une semaine après l'émeute révélait que si neuf Américains sur dix condamnaient l'attaque, seuls 62 % y voyaient une menace pour la démocratie, dont 93 % d'électeurs démocrates mais 27 % de républicains ; que 57 % des sondés en attribuaient une responsabilité notable ou certaine au président qu'ils estimaient, dans les mêmes proportions, justiciable d'un procès en destitution, alors que 85 % des républicains s'y déclaraient opposés.

Émeute, insurrection, putsch manqué, voire coup d'État… Donald Trump et ses partisans parlaient sobrement, on le sait, d'un rassemblement démocratique qui a mal tourné, ce qui n'explique pas grand-chose, car tout se tient précisément dans l'interprétation qu'on veut se faire de ce qui a tourné mal effectivement ce jour-là, en regard de la loi, des conventions politiques, des traditions et des usages qui gouvernent la démocratie américaine. On pourrait néanmoins plaider qu'il s'agit d'un intermède manqué qui n'a rien détruit au fond ni rien créé, puisque l'épisode, certes spectaculaire mais rapidement clos, n'eut finalement aucune incidence sur la marche des institutions : la délibération du Congrès reprit son cours, la certification – que cent quarante-sept élus républicains persistèrent toutefois à contester même après l'émeute – alla au bout de la procédure, l'élection du nouveau président fut validée et, deux semaines plus tard, son investiture devait suivre à la lettre les formes immuables qui règlent cette cérémonie. Quant aux auteurs des désordres, ils allaient être progressivement identifiés, interpellés et mis en examen en attendant de répondre de leurs actes devant les tribunaux – quelque six cents arrestations suivant les données fournies en juillet 2021 par le ministère de la Justice, et le chiffre continue de grossir.

Seulement, l'importance d'une telle crise ne se résume pas aux seuls effets immédiats qu'elle peut avoir, ou non, sur les procédures démocratiques ; et pas davantage au nombre des ingrédients canoniques qui fabriquent un grand événement, dont elle peut se prévaloir. Les Américains n'avaient nul besoin d'en faire l'inventaire pour éprouver d'emblée le sentiment, comme au lendemain du 11-Septembre précisément, d'avoir subi en direct un traumatisme national ; se persuader que rien ne serait plus tout à fait comme avant ; percevoir, ou pressentir, que l'assaut contre leurs représentants élus dans l'enceinte où s'incarne la légitimité démocratique, sans précédent depuis deux cent vingt-quatre ans, avait attenté aux principes de leur être-ensemble, bafoué l'esprit des lois et souillé leur récit national. Ils pouvaient également observer que cette insurrection échevelée, ingouvernable, exposait la liberté et la démocratie elle-même à des conséquences autrement redoutables, évitées de justesse par un bienveillant hasard, mais qui n'eussent pas manqué de se produire si les émeutiers étaient parvenus à pénétrer dans la salle où se tenait la séance ; s'ils avaient croisé en chemin – ce qui faillit se produire – un représentant dont les opinions ne seyaient pas à leurs préventions ; si leur face-à-face avec les agents de sécurité avait dégénéré par un engrenage fatal en une cohue beaucoup plus meurtrière que ne l'a été finalement le bilan de cette journée, cinq morts dont un policier et cent quarante blessés. Certains virent dans l'événement l'aboutissement de quatre années d'une présidence orageuse, houspillée par un homme baigné dans les habitudes de la désinformation, l'intimidation et l'indifférence aux formes légales, dont les méthodes transgressives auraient fini par libérer des violences qu'il put donner l'impression d'avouer, plus d'une fois.

L'assaut contre le Capitole ne s'en tient pas à l'unité de temps et de lieu de son déroulement proprement dit, pas plus qu'il ne peut se réduire aux actes et aux excès qui scandaient ces quelques heures de tumulte et de licence. Il s'inscrit dans une chronologie qui se prolonge en aval au moins jusqu'à la mise en accusation de Donald Trump par les procureurs de la Chambre des représentants, son jugement puis son acquittement par le Sénat ; et remonte en amont jusqu'à l'élection présidentielle de 2016, voire à la campagne des primaires du Parti républicain où M. Trump fit ses premières armes avant de les emporter brillamment à la surprise générale.

Mais la portée de la journée du 6 janvier va plus loin et plus profond. L'événement aura été le symptôme exorbitant, la flambée imprévisible des tendances à l'œuvre qui consument la démocratie américaine depuis trente ans. Il donne un tour explosif non seulement à la polarisation délétère qui déchire le pays mais encore à la désagrégation des normes civiques, morales et culturelles qui ont longtemps gouverné la société américaine, cette « Union », ce « Nous » qui ouvre la Constitution – « *We the People* » – et que figure l'orgueilleuse devise, *E pluribus unum* (« De plusieurs, Un »), inscrite au Grand Sceau national.

Mon intention, dans cet essai, n'est pas de dresser un tableau exhaustif de la crise d'identité américaine, mais d'en interroger quelques traits distinctifs au miroir de cette journée chaotique qui leur a donné un relief particulièrement saillant : elle se présente en effet comme un abrégé, un foyer de compréhension privilégié, de la guerre politique et culturelle que se livrent les Américains ; elle en dépeint, le temps d'une émeute, les protagonistes, les passions et les enjeux ; les contrastes aussi qui mettent aux prises des insoumis agissant hors la loi au nom de la Constitution avec des élus appelés à l'incarner, l'invocation insurrectionnelle de la légitimité avec l'empire impassible de l'ordre légal, le chaos démocratique avec les usages démocratiques.

Toute interrogation sur la démocratie américaine porte immanquablement sur la démocratie elle-même, ses penchants et ses dérives qui, tôt ou tard, abordent nos rivages. « J'avoue que dans l'Amérique j'ai vu plus que l'Amérique, [...] j'ai voulu la connaître, ne fût-ce que pour savoir du moins ce que nous devions espérer ou craindre d'elle[1]. » C'est sur le sol natif de la démocratie que Tocqueville cherche à entrevoir les voies qu'elle pourrait emprunter en France, où l'ombre du passé aristocratique continue à en remuer le cours. Toutes les sociétés modernes sont portées

1. *De la démocratie en Amérique*, *op. cit.*, t. I, introduction.

par le mouvement irrésistible de « l'égalité des conditions » (l'égalité des statuts individuels), ce « fait générateur », « providentiel », « universel », « durable », cette machine qui tend inexorablement à dissoudre les particularités, éroder les différences, unifier les mœurs, les usages et les goûts. Mais ses voyages et ses lectures ont appris également à Tocqueville que si les conquêtes de l'égalité rendent les hommes en effet de plus en plus semblables, elles n'effacent pas pour autant les singularités nationales qui opposent un ultime rempart à leur marche invincible. Le processus démocratique a beau figurer la seule destination des sociétés humaines, il ne prend pleinement sens qu'au sein des réalités nationales : ce sont les singularités propres à chaque nation – les mœurs, les manières, l'expérience du passé... – qui impriment à ses usages démocratiques leur physionomie particulière.

La France n'est pas l'Amérique, pas plus aujourd'hui qu'hier, quand bien même la démocratie acheva d'y prendre racine il y a plus d'un siècle et demi. Mais ce que les démocraties modernes ont toutes en commun, c'est une contradiction paradoxale logée au cœur de leur mouvement : elles font cohabiter le sentiment de la ressemblance humaine avec une passion de la différence – et de la séparation – qui s'affirme chaque jour davantage. Elles s'apparentent également, et de plus en plus depuis une trentaine d'années, par les maux qu'elles génèrent, qui mettent aux prises la liberté démocratique et la tyrannie démocratique, autre manière de nommer le pouvoir de l'opinion. Tocqueville conseillait de « se servir de la démocratie pour modérer la démocratie ». Aujourd'hui, elle sert plutôt à faire prospérer deux pathologies formées en son sein aux pôles opposés : d'un côté, le populisme dans sa variante illibérale, infusé et relayé à flux ininterrompu par les réseaux numériques et les talk-shows radiophoniques[1] ; de l'autre, la révolution identitaire, « différentialiste », racialiste qui a fini par déborder l'enceinte universitaire pour atteindre la sphère politique proprement dite. L'une et l'autre défient la démocratie de conserve au nom de ses propres principes et de leurs présomptions victimaires respectives ; l'un comme l'autre se signalent par le peu de créance qu'ils prêtent aux règles et aux exigences du régime représentatif, ses principes, ses institutions, ses procédures. Et c'est une fois encore aux États-Unis que ces ferments corrosifs se donnent le mieux à observer, dans le chaudron des passions qui agitent cette nation hospitalière aux expériences que les progrès indéfinis de l'égalité suggèrent à l'imagination. Les problèmes de la France ne sont pas tous du même ordre, mais les pathologies démocratiques qui l'affligent sont de nature comparable, et avec, comme toujours, suffisamment de décalage pour qu'on veuille rechercher, à la faveur de l'insurrection du 6 janvier, ce que l'Amérique pourrait, à nouveau, nous apprendre sur nous-mêmes.

1. Du populisme, notion polysémique aux définitions multiples, j'emprunte celle, volontairement ouverte, donnée par Cas Mudde et Cristóbal Rovira Kaltwasser : une vision antinomique de l'ordre social, qui oppose le « peuple » aux « élites » et conçoit l'action politique comme une expression de la volonté générale ; ou encore une disposition d'esprit au crible de laquelle des individus conçoivent et interprètent la réalité politique. Ici, le peuple est identifié, au choix, au souverain, aux couches populaires, à la nation, ou à un autre alliage de ces trois figures, cependant que les élites (politiques, économiques, culturelles, médiatiques) sont désignées, et caractérisées, tout aussi librement, au gré de leurs critiques (*Populism*, Oxford University Press, 2017, p. 6-19).

I

Une émeute sans repères

L'émeute est la forme dégradée d'une révolte sans autre étendard que la colère diffuse et la violence contagieuse ; un embrasement soudain que ne soutient aucun principe – la justice, le droit, la souveraineté – mais des passions fermentées, « les haines vagues, les rancunes, les désappointements, toute vanité qui croit que la destinée lui a fait faillite [...] ». Victor Hugo, qui en dessine la physionomie dans quelques pages lumineuses, distingue l'émeute de cette autre espèce de tumulte qu'est l'insurrection : l'une agite des émotions irritées, des indignations et des aigreurs mal comprimées, l'autre allume l'étincelle du droit ; la première, c'est une fraction qui se soulève contre le tout, la seconde mobilise le tout contre la fraction. « L'insurrection est l'accès de fureur de la vérité », elle est « toujours un phénomène moral », « c'est une idée qui passe son examen », cependant que l'émeute ne peut être qu'écume et feu de paille, voire « le plus fatal des attentats[1] ». Mais il arrive aussi – notre fête nationale en est l'éclatant symbole – qu'une émeute

1. Victor Hugo, *Les Misérables*, quatrième partie, livre X, cinquième partie, livre XX.

tourne à l'insurrection et en revête rétrospectivement les prestiges que lui affecte le travail de la mémoire : la prise de la Bastille, devenue l'emblème de l'aspiration à la liberté de tout un peuple, est le dénouement spectaculaire d'une succession d'incidents dont l'enchaînement plus ou moins fortuit aura accouché d'un événement capital. Sa portée révolutionnaire allait s'écrire indépendamment des raisons qui avaient animé ses auteurs : à l'origine, la foule s'y était dirigée pour chercher de la poudre et des armes, non pour terrasser un régime.

« UN CONFLIT DE DEUX LÉGITIMITÉS »

L'embrasement du 6 janvier devait emprunter la voie inverse : c'est une insurrection – vécue comme telle, en tout cas, par beaucoup de ses acteurs – qui aura tourné à l'émeute ; mais une émeute, autre singularité, dont le décor, le déroulement et la charge symbolique lui attachèrent d'emblée les attributs d'un événement considérable. Il se trouvera toujours des voix pour lui disputer ce titre, tel ce représentant républicain tout frais émoulu que révolte l'usage du mot « insurrection » – « un mensonge éhonté » – pour désigner, dit-il, un épisode somme toute banal. Lui voit dans les images projetées devant la Commission de surveillance de la Chambre « des gens qui se tiennent en ordre », filmant et prenant des photos. « Vous savez, si vous ignoriez que ces images étaient une vidéo du 6 janvier, vous auriez cru à une banale visite guidée. » Et de conclure : « une foule indisciplinée » et des émeutiers livrés au vandalisme, ce n'est pas pour autant une insurrection[1].

1. Andrew Clyde, représentant républicain de la Géorgie (12 mai 2021).

Il faut beaucoup d'imagination pour éviter de comprendre ce qu'on s'interdit d'apercevoir. Pas moins de vingt et un élus républicains s'opposeront à ce que l'on remette une médaille aux policiers qui avaient tenté de les protéger, au motif que la résolution qualifiait justement d'« insurgés » les émeutiers du Capitole. Pourtant, ni le jeu sur les mots ni le maquillage des faits n'y peuvent grand-chose. Les faits et les images mille fois regardés, sondés, ressassés, écrasent toute tentative de banalisation. Ce sont les lieux et les symboles, justement, autant et plus encore que les faits, qui donnaient à l'événement son empreinte indélébile.

Cette manifestation politique dégénérée en émeute incontrôlable constitue, comme tant d'autres, le prolongement insurrectionnel d'un conflit politique, ici le refus d'un président sortant de reconnaître sa défaite électorale et son espoir d'en empêcher – ou de différer faute de mieux – la confirmation par le Congrès. Elle réunit la plupart des ingrédients des « journées » insurrectionnelles dont notre histoire offre un répertoire surabondant. Un théâtre circonscrit, siège de la légitimité nationale, soudain tourneboulé, métamorphosé, par l'occupation impétueuse d'intrus en colère. Une foule, en l'occurrence venue des quatre coins du pays, animée par des émotions partagées et une réclamation unanime – « Arrêtez le vol » –, qui défie l'ordre légal en s'attaquant à ses lieux emblématiques. La combinaison confuse de la préméditation et de la contingence : il suffit d'un propos, d'un appel inopinés – un « tocsin » ou une étincelle imprévisible – pour transformer par une « mutation brusque », selon l'expression de Georges Lefebvre, cet

Le lendemain, des images circulaient le montrant au Capitole, le 6 janvier, en train de barricader avec d'autres élus le bureau dans lequel ils ont trouvé refuge pour échapper aux émeutiers… Devant le concert d'indignation et de railleries, M. Clyde reviendra, en partie, sur ses appréciations.

agrégat d'individus en un « rassemblement offensif », subversif, mi-violent mi-festif, qui abat des grilles, violente les forces de l'ordre, envahit les espaces les mieux gardés en échappant à tout contrôle[1]. Et, en amont, une disposition d'esprit forgée de loin par les ferments empoisonnés de la polarisation politique et des haines partisanes qui impriment depuis des années à la vie publique américaine les accents d'une guerre civile. Sans oublier, de bout en bout, la diffusion des mots d'ordre, la propagation des rumeurs, fausses nouvelles, soupçons et allégations conspirationnistes qui contribuent à pourvoir d'une créance rationnelle la réalité alternative qu'on voudrait faire accréditer. Et enfin, le dénouement qui touche parfois, peu ou prou, aux équilibres politiques, avant de livrer le souvenir de l'événement aux aléas de la mémoire.

Les moments insurrectionnels qui jalonnent l'histoire de France – prise de la Bastille, journées d'Octobre, déchéance de la royauté, destitution des girondins, Germinal, Prairial, puis juin 1848, plus tard la Commune ou encore le 6 février 1934 – projettent de loin, en miroir, plusieurs éclairages sur l'événement du 6 janvier. Les manifestations de février 1934 se distinguent, toutefois, des épisodes insurrectionnels antérieurs, éclatés sous des régimes à peine formés, vacillants, aux institutions précaires ; là, elles visent une république parlementaire établie depuis un demi-siècle, en attaquant précisément son cœur battant, la Chambre des députés, en plein débat sur l'investiture du gouvernement : à l'appel de l'Action française à protester « contre les voleurs, contre le régime abject », une foule considérable se réunit devant le Palais-Bourbon, que certains manifestants cherchent à prendre d'assaut avant d'être contrés par

1. Georges Lefebvre, « Foules révolutionnaires » (1934).

les armes des forces de l'ordre, faisant une quinzaine de morts et plus de mille blessés. L'événement laissera des traces profondes, mais pas plus que l'invasion – réussie celle-là – du Capitole il n'aura menacé une seule seconde les fondations démocratiques de la République[1].

Les « journées révolutionnaires » comme les émeutes ultérieures défiaient les pouvoirs en place de l'extérieur – le monarque absolu, le roi constitutionnel, la Convention nationale, l'Assemblée constituante de 1848, celle de 1871 et le « chef du pouvoir exécutif » qu'elle avait désigné... L'invasion du Capitole, elle, brave, certes, l'autorité de la représentation nationale, mais elle participe en même temps d'un conflit noué au sein même de la sphère du pouvoir, entre le président et le Congrès, qu'elle déborde, pour ainsi dire, en usant de la violence : il s'agit au fond d'opposer par la force la souveraineté populaire à la souveraineté législative. Certains de ces insurgés agitèrent des pancartes citant le préambule de la Constitution, « *We the People* », d'autres des drapeaux évoquant les insurgés de 1776. Comme les sections parisiennes le 10 août 1792, qui décrètent la déchéance de Louis XVI en appelant le peuple à « reconquérir ses droits » puisque l'Assemblée législative rechignait à le faire, comme les ouvriers de Paris en juin 1848, comme les communards invoquant la République contre Thiers soupçonné de vouloir restaurer la monarchie, et sans méconnaître tout ce qui sépare ces différents événements, les assaillants du Capitole se réclamaient eux aussi du droit et de la justice, voire de la Constitution, qu'ils estimaient bafoués par une fraude

1. Serge Berstein, *Le 6 février 1934*, Gallimard, coll. « Archives », 1975 et Patrick Lagoueyte, *Les Coups d'État. Une histoire française*, CNRS Éditions, 2021, p. 140-149.

électorale que le vice-président et l'écrasante majorité du Congrès refusaient de reconnaître. Là comme ici, on voit à l'œuvre « un conflit de deux légitimités », l'une comme l'autre excipant de l'autorité des principes[1].

PRÉMONITIONS

La dernière attaque du Capitole, qui fut aussi la première, remonte à la guerre anglo-américaine (1812), quand des troupes britanniques prirent Washington et incendièrent la plupart des édifices publics. Mais c'étaient des ennemis, et des étrangers. Avant et depuis cette expédition punitive, et combien symbolique, il semblait impensable, dans une société pourtant si familière de la violence, que des citoyens violent le sanctuaire des lois, dans la capitale ou ailleurs. Jusqu'à la dernière campagne présidentielle précisément. Quelques mois avant le coup de force de janvier, un autre Capitole avait été le théâtre de violences qui paraissent rétrospectivement – et devaient paraître à l'époque – prémonitoires. À la mi-avril 2020, en pleine épidémie de Covid-19, plus de mille voitures, agitant des drapeaux à l'effigie du président, encerclèrent les bâtiments officiels à Lansing, la capitale du Michigan, en réclamant au nom de la liberté l'arrêt du confinement. Deux semaines plus tard, des militants armés, encouragés par les appels de M. Trump à « libérer » les États gouvernés par des démocrates, occupèrent cette fois de force le Capitole du même État du Michigan en s'installant dans les galeries du Sénat

1. Pour le 10 août, voir Antoine Boulant, *La Journée révolutionnaire. Le peuple à l'assaut du pouvoir. 1789-1795*, Passés composés, 2021, p. 106, 152. Sur le conflit des légitimités en 1848, voir Maurice Agulhon, *Coup d'État et République*, Presses de Sciences Po, 1997, p. 47-49, 57-58.

d'où ils observaient la mine patibulaire des élus qui poursuivaient leurs délibérations. Peu après sera déjoué le projet d'enlever la gouverneure de l'État, l'une des bêtes noires de l'hôte de la Maison-Blanche.

Ces événements devaient servir d'alerte. Peut-être l'ampleur et les urgences de la crise sanitaire ont-elles émoussé la gravité de telles infractions à l'ordre légal. D'autant que là, malgré les déchaînements de colère, les slogans incendiaires et la volonté manifeste d'en découdre, il n'y eut ni morts, ni blessés, ni violences physiques, ni chasse aux élus, ni interruption du travail législatif. Dans les semaines qui suivirent l'élection présidentielle, la capitale fédérale connut plusieurs rassemblements de soutien au président sortant, massifs, bruyants, mais sans grandes conséquences si ce n'est quelques échauffourées opposant les manifestants à des militants de Black Lives Matter et des discours parfois apocalyptiques : « Nous nous trouvons au bord du précipice de l'histoire », déclara l'organisatrice d'un ralliement tenu place de la Liberté la veille du 6 janvier, une « générale » en quelque sorte ; « les ennemis sont à nos portes », avertit un pasteur du Tennessee qui lui succéda à la tribune, évoquant 1776 et la « lutte entre le Bien et le Mal ». Il y eut cinq arrestations pour port illégal d'armes à feu, mais ni violences ni déprédations et, surtout, dans toutes ces manifestations, aucun édifice officiel touché.

Les images du 6 janvier paraissent, elles, d'autant plus saisissantes, je l'ai dit, que cette émeute visait le panthéon de la démocratie américaine, dont les émeutiers souillaient l'enceinte, piétinaient les principes et attaquaient les symboles. Des millions d'Américains contemplaient en direct, interdits, une succession de scènes à peine croyables : le mélange d'allégresse nihiliste et de stupéfaction affiché par les intrus se promenant avec leur attirail au milieu du décor intemporel des lieux, le dôme doré au-dessus de leurs têtes, les tableaux et les statues immobiles ; les visages horrifiés des gardiens submergés devant la meute qui avançait ; un officier de police frappé violemment par des furieux avec un mât de drapeau aux cris de « USA, USA » ; un autre roué de coups contre une porte ; un autre encore – on l'apprendra plus tard – happé par des intrus qui tentaient de lui arracher son arme sur fond de hurlements (« Prends-la, tue-le avec son pistolet[1] ») ; des représentants barricadés dans des abris de fortune, agenouillés derrière ou sous les tables, ou se cachant derrière des portes verrouillées ; des émeutiers appelant en chœur à « pendre Mike Pence », alors qu'une potence et une corde ont été installées sur la pelouse ; d'autres saccageant les bureaux et cueillant des bibelots en souvenir ; d'autres encore s'offrant le podium de la présidente de la Chambre – troisième personnage de l'État – avant de se lancer à sa recherche en tonnant « où es-tu Nancy ? Nous te recherchons, N-a-ncy, oh N-a-ncy ». Durant le procès en destitution de Donald Trump, la projection de ces images, et d'autres inédites, encore plus accablantes, fera revivre la stupeur et la consternation que cet épisode n'en finit pas de provoquer.

LES SENTINELLES DE L'APOCALYPSE

Il est dans la nature d'une émeute d'uniformiser la physionomie de la foule qu'elle réunit : elle la rend semblable et indistincte. Mais ce nivellement par la fureur et la violence repose sur une réalité sociale moins homogène. Les

1. Témoignage de l'officier Michael Fanone devant la Commission spéciale de la Chambre (27 juillet 2021).

journées révolutionnaires que connut notre pays ne firent place ni aux franges les plus misérables de la population, ni aux bourgeois aisés, aux militaires, encore moins aux membres de la noblesse. Elles mobilisèrent invariablement des « gens de métiers », artisans indépendants, petits commerçants, salariés des petits ateliers, commis, employés, compagnons, apprentis… Peu de femmes au départ – une seule à la Bastille – mais de plus en plus au gré des péripéties révolutionnaires[1]. La prise du Capitole échappe à cette uniformité de l'anonymat. L'épisode, filmé en continu sous tous les angles, en a d'emblée « individualisé » les protagonistes, rapidement identifiés par les enquêteurs du FBI (plus de soixante-dix mille documents filmés recueillis) et bientôt livrés à la curiosité insatiable de la presse et des médias.

Après l'émeute, plusieurs hiérarques républicains, bientôt suppléés par les « influenceurs » médiatiques de Fox News et d'ailleurs, avaient leur explication : la foule que M. Trump avait conviée à marcher sur le Capitole aura été infiltrée par de « faux patriotes », des « saboteurs déguisés en partisans du président », des anarchistes d'extrême gauche qui sont les vrais auteurs des saccages et des violences. Les innombrables portraits brossés des émeutiers du Capitole balaient ces fadaises complotistes qui firent long feu[2]. Ils composent une galerie hétéroclite et autrement riche, d'ailleurs, que l'image stéréotypée brossée fréquemment des « déplorables ». On y trouve même des policiers, tels ces deux officiers chargés de la sécurité du Capitole, suspendus l'un pour s'être mêlé aux agitateurs, l'autre pour

1. A. Boulant, *La Journée révolutionnaire*, *op. cit.*, p. 42-45.

2. Au dire du directeur de la FBI, aucun militant anarchiste ou antifa n'a été identifié parmi les émeutiers du 6 janvier (déclaration du 2 mars 2021).

avoir marché avec la foule portant un chapeau blasonné du slogan « *Make America great again* ». Ou ces deux autres membres des forces de l'ordre, l'un ayant combattu en Irak, l'autre en Afghanistan, tous deux venus d'une bourgade rurale de Virginie, Rocky Mount, qui avait massivement voté Trump. Quelques mois auparavant, chargés du maintien de l'ordre d'une réunion publique de Black Lives Matter, ils avaient noué une conversation amicale – et même dansé quelques pas – avec l'organisatrice de l'événement, une jeune coiffeuse noire qui en conservera un souvenir incandescent : dans ce coin d'Amérique, un sentiment du commun pouvait encore transcender les différences. La prochaine fois qu'elle va les apercevoir ce sera sur une photo, posant fièrement à l'intérieur du Capitole, visiblement sans imaginer ce qui allait les attendre. L'un et l'autre croyaient, sans doute candidement, que l'élection présidentielle avait été « confisquée » à leur candidat et concevaient leur protestation comme un acte patriotique. Ils vont tout perdre après le 6 janvier, interdits *sine die* de port d'armes, mis en examen et renvoyés de la police[1].

L'événement retentissant qu'est devenue cette émeute sans repères paraît visiblement trop grand pour leurs modestes personnes. Mais il a aussi son lot de vrais extrémistes, des groupes organisés, décidés de longue main à en découdre et autrement perceptibles que les « saboteurs » fantomatiques d'extrême gauche incriminés par les officines trumpistes. L'extrémisme est un hôte familier du paysage politique américain. Déjà dans les années 1930, on comptait jusqu'à huit cents associations d'extrême droite, avec leurs figures de proue et leurs postures autoritaires, racistes,

1. « Riot Reverberates in Rural Virginia », reportage du *New York Times*, 15 mars 2021.

ségrégationnistes, souvent antisémites[1]... Elles ont survécu jusqu'à nous, soutenues ou avouées par une portion non négligeable de l'opinion.

Les suprémacistes d'aujourd'hui trouvent dans le trumpisme un compagnon de route qui offre à leurs passions délétères une visibilité inespérée. L'appel à protester à Washington « contre le vol » finit par réunir ces deux variantes du populisme militant au sein de la foule qui marchait sur le Congrès. On y distingue quelques dévots de la mouvance conspirationniste QAnon – qui prédestine Trump à sauver le monde d'une cabale de pédophiles aux dévotions sataniques[2] – et d'autres agitateurs patentés, tel un certain Nicholas Fuentes, impliqué en 2017 dans les violences à Charlottesville, dont les diatribes contre les Juifs et les LGBT rallient une large audience dans les réseaux numériques. Le 6 janvier, ses acolytes attaquèrent le Capitole en arborant la devise de son mouvement, « L'Amérique d'abord », avec « une impétuosité, se flattera-t-il, jamais vue dans une manifestation de Black Lives Matter[3] ».

Dans cette phalange de suprémacistes en action on trouve aussi les affiliés de l'association The Proud Boys qui cimentent leur compagnonnage par un salmigondis de racisme, d'antisémitisme, de misogynie et de haine vouée

1. Seymour Martin Lipset et Earl Raab, *The Politics of Unreason : Right-Wing Extremism in America, 1790-1970*, New York, Harper & Row, 1970, p. 152 et Steven Levitsky et Daniel Ziblatt, *La Mort des démocraties* [2019], trad. fr. Calmann-Lévy, 2019, p. 46 et suiv.

2. Quelque 23 % des sympathisants républicains souscrivent à ces thèses ; 28 % pensent qu'une tempête imminente va balayer les élites corrompues et instaurer les « leaders légitimes » ; et la même proportion estime que la situation s'est dégradée au point qu'il faudra peut-être recourir à la violence pour sauver le pays (enquête du Public Religion Research Institute, 27 mai 2021).

3. « Capitol Riot Gives Far Right a New Rallying Cry », *The New York Times*, 18 janvier 2021.

aux démocrates. Trois jours avant l'émeute, leur chef avait consigné dans un message crypté envoyé à ses sept mille adhérents : « Et si on l'envahissait ? » La première réponse indiqua en écho : « Le 6 janvier est le D-Day de l'Amérique. » Ces Proud Boys comptaient parmi les partisans les plus sonores, et les plus violents, de M. Trump, lequel refusa de les désavouer au cours d'un des débats présidentiels, les invitant au contraire à « se tenir droits et à se tenir prêts » – le lendemain, pour calmer le tollé qui s'ensuivit, il avouera tout ignorer de ce groupe… en le condamnant à toutes fins utiles. Les Proud Boys en retiendront plutôt la sollicitation que le blâme. Et quand M. Trump engagea ses sympathisants à se rendre en masse à la manifestation du 6 janvier – « soyez là, ce sera grandiose » –, ils répondirent en écho : « Nous attendons le feu vert du président », sans autre précision. Sur Telegram, réseau « alternatif » très fréquenté par la droite extrême, un militant mit les mots que les milliers d'affiliés à cette conversation n'auraient sans doute pas récusés : il faut se préparer au jour où « il nous appellera effectivement à lâcher les chiens de guerre ». Le jour dit, plusieurs Proud Boys allaient figurer parmi les premiers assaillants à enfoncer les fenêtres du Congrès. Identifiés par les agents fédéraux, ils auront à répondre de leurs actes[1]. Ce qui n'a en rien entamé leur audience : depuis la prise du Capitole, le nombre de leurs adhérents est passé de seize mille à trente-quatre mille.

Autre cible privilégiée des enquêteurs, la mouvance conspirationniste des Oath Keepers (« Les Gardiens du serment »), dont une colonne des militants a forcé le Capi-

1. « Proud Boys, Seizing Trump's Call to Washington, Helped Lead Capitol Attack », *The Wall Street Journal*, 17 janvier 2021 ; « Proud Boys Leaders in Four States Are Charged in Capitol Riot », *The New York Times*, 17 mars 2021.

tole par les portes de la rotonde. Cette milice très en vue, créée en 2009, fédère des « filiales » à travers le pays par un ciment idéologique aux relents apocalyptiques. Son chef, Stewart Rhodes, affublé du titre de « Person One », ex-parachutiste, ex-assistant parlementaire, lui a assigné la mission d'empêcher l'installation en Amérique « d'une dictature totalitaire », en cherchant à recruter notamment parmi les militaires et les forces de l'ordre. Avec trente mille abonnés sur Twitter et des centaines de milliers sur Facebook, il put ainsi prévenir à la veille du scrutin présidentiel : « La guerre civile est ici et maintenant », annonçant « une lutte ouverte avec des insurgés marxistes », ce qui lui vaudra une exclusion des réseaux sociaux. Au lendemain du scrutin présidentiel, sur la chaîne YouTube des Oath Keepers, il avertit ses quarante mille souscripteurs : « Trump n'est pas l'ultime bouclier contre l'État profond et le communisme. C'est nous qui le sommes. C'est vous qui l'êtes. » Suivirent, sur le site du groupe, des appels répétés « aux patriotes » à se rendre à Washington le 6 janvier, avec la recommandation du chef en personne de se munir de casques, gants de travail, torches et armes réglementaires. « Préparez-vous à faire tout ce qui est nécessaire pour honorer le serment de défendre la Constitution contre tout ennemi, étranger ou de l'intérieur. » Le lendemain, une acolyte du mouvement, ancienne militaire elle aussi et chef d'une milice dans l'Ohio, écrivit à ses adhérents : « Tenez-vous prêts à combattre le jour de l'Inauguration. » Elle et une dizaine d'Oath Keepers seront par la suite inculpés d'avoir joué un rôle clé dans l'émeute avant de forcer l'enceinte du Capitole. Rhodes, lui, présent à Washington, préféra, dit-il, rester en retrait. Après l'attaque, il confiera à longueur d'entretiens : « Nous n'avions aucun projet d'entrer au Capitole, zéro plan à ce propos, zéro instruction… » Ses partisans le firent nonobstant, armés de l'attirail recommandé par leur guide, pour faire barrage à l'« usurpation » électorale dénoncée par le même, en suivant son injonction d'« honorer la Constitution ». Sans doute avaient-ils une idée moins restrictive de ce qu'il nomme « zéro instruction[1] ».

DES ENRAGÉS ORDINAIRES

L'image sulfureuse de ces miliciens de l'Apocalypse ne saurait laisser se méprendre sur la foule qui les entourait ce jour-là. Les dizaines de milliers de personnes réunies au parc de l'Ellipse sont arrivées dans la capitale fédérale (quelques-uns à bord d'avions privés…) pour manifester en toute légalité leur soutien au président qu'ils croyaient privé indûment d'une juste victoire. La plupart d'entre eux ne prirent pas le chemin du Capitole et n'auraient sans doute jamais envisagé d'y mettre le pied, ni de désobéir aux forces de l'ordre, encore moins de les agresser, ou d'appeler à pendre au gibet le vice-président des États-Unis. Comme des millions d'autres partisans de M. Trump, ils se sont laissé intoxiquer par ses accusations de fraude électorale – 73 % des sympathisants républicains continuent encore aujourd'hui à le penser et 28 % estimaient en juin 2021 que l'ex-président allait revenir à la Maison-Blanche avant la fin de l'année, faisant écho aux propres dires de l'intéressé, alors qu'aucune disposition constitutionnelle ne prévoit une telle « réinstallation »[2]. Ces manifestants ont cru

1. Sur les agissements des Oath Keepers, voir l'enquête du *Washington Post*, « DOJ Seeks to Build Large Conspiracy Case Against Oath Keepers for Jan. 6 Riot » (11 mars 2021).

2. Sondage réalisé par Quinnipiac University le 11 janvier 2021 : ces 73 % estimaient donc que la contestation du scrutin présidentiel par M. Trump rele-

effectivement, à tort, l'élection confisquée par une fraude massive. Mais leur crédulité n'en fait pas pour autant des suprémacistes.

Et il en va de même de la majorité des insurgés, quand bien même ils se sont dévoyés dans l'illégalité. Parmi les nombreuses personnes arrêtées dans les semaines qui suivirent l'émeute, les extrémistes de toutes obédiences représentent en effet à peine 10 %, les chômeurs un peu moins, les minorités ethniques moins encore et les délinquants 1 % à peine[1]. C'est dire que l'événement du 6 janvier ne peut se résumer aux parades paramilitaires, aux actes de vandalisme et aux clichés convenus sur les « déplorables » : c'est un coup de force délictueux, certes, à caractère, je l'ai dit, éminemment politique, porté non par une horde de damnés de la terre mais par des « Américains ordinaires » venus des quatre coins du pays, parents aimants, bons amis, bons voisins, issus pour la plupart de la classe moyenne et d'âge moyen – des vétérans des guerres d'Irak et d'Afghanistan et d'anciens officiers de marine (parmi les 176 premiers arrêtés, 22 avaient une expérience militaire), des pompiers, des ex-sportifs (dont un fulminant entraîneur de yoga), des chefs d'entreprises, moyennes ou petites (quelque 40 % de l'ensemble), des agents immobiliers, des directeurs du marketing, des informaticiens, des commerçants, des élus locaux, voire des représentants aux assemblées des États, plus d'une douzaine… ; des citoyens imprégnés de patriotisme, qui se mirent hors la loi au nom de la Constitution qu'ils entendaient rétablir par la force. Sans doute

---

vait d'une défense de la démocratie. La même proportion est observée en mai dans un sondage de Yahoo News-YouGove. Sur la « réinstallation », sondage de l'institut Morning Consult, juin 2021.

1. Robert A. Pape et Keven Ruby, « The Face of American Insurrection », *Chicago Project on Security and Threats* (28 janvier 2021).

ignoraient-ils, pour la plupart, ou ne voulaient-ils savoir dans leur élan, que violer un bâtiment officiel leur faisait encourir de six à douze mois d'incarcération, que s'en prendre à un policier ou porter illégalement une arme était passible de quatre à huit années de prison et jusqu'à vingt pour les entraves délibérées aux procédures officielles du Congrès.

L'armée des journalistes partis à la découverte de ces factieux d'un jour en compose un catalogue bigarré où la singularité des portraits individuels récuse tout stéréotype commun[1]. Voici Adam Newbold que rien, apparemment, ne destinait à se mêler aux assaillants ni à partager leurs récriminations. Cet habitant de l'Ohio, ancien membre d'un commando d'élite de la marine, y était chargé de superviser la collecte de désinformations à des fins de manipulation de masse… Visiblement, sa longue expérience des conspirations et fausses rumeurs ne l'a pas prémuni contre la séduction des allégations sur un complot contre l'Amérique à l'œuvre depuis des années : il croyait – et n'en démord toujours pas – à la fiction d'une élection détournée par une fraude orchestrée par une cabale progressiste, qui aura entraîné le pays au précipice de la guerre civile. Sa migration vers les territoires de la post-vérité, commencée dans la foulée de l'élection présidentielle de 2016 qui avait porté Donald Trump à la Maison-Blanche, s'est faite au rythme des attaques des médias contre le nouveau président, de leur refus de lui reconnaître une légitimité pourtant consentie par le suffrage universel et de leur appel à

1. Les portraits qui suivent sont tirés d'après « He Mocked "Tinfoil Hats". But He Was in the Mob », *The New York Times*, 28 janvier 2021 ; « A Majority of People Arrested for Capitol Riot Had History of Financial Trouble », *The Washington Post*, 10 février 2021 ; « The Rioter Next Door : How the Dallas Suburbs Spawned Domestic Extremists », *ibid.*, 22 mars 2021.

la « résistance », partagé par des sympathisants, des militants, voire des élus du Parti démocrate. Exaspéré, Adam Newbold a choisi de s'informer aux sources alternatives des réseaux sociaux et de ne communiquer qu'au sein des « communautés virtuelles » formées suivant les affinités idéologiques, où ses opinions ne risquaient pas de se trouver contrariées. C'est sur ce terreau, sans cesse remué par la polarisation politique, où circulent librement les thèses conspirationnistes les plus élaborées et des prédictions crépusculaires, tonifiées par des affiliés qui les relaient à leur tour, que l'ex-pourchasseur de la désinformation a achevé sa reconversion : il a acquis progressivement la conviction que la conjuration ne visait pas seulement le président en exercice mais la Constitution elle-même qu'il était de son devoir de vétéran de défendre, fût-ce en usant de la force. Sur une image filmée le 6 janvier, on le voit déclarer avec ferveur : « C'était historique et c'était nécessaire. » La veille, un membre du « *Red-State Secession group* » récitait le même genre de mantra sur la page Facebook de ce groupe militant à l'adresse de ses huit mille adhérents : « Si vous n'êtes pas prêts à employer la force pour défendre la civilisation, alors préparez-vous à accepter la barbarie. » Pour les millions d'électeurs de Donald Trump, c'étaient des mots familiers dont ils allaient bientôt vérifier la charge explosive.

Jenna Ryan, la cinquantaine, un agent immobilier dans une petite ville du Texas, se repentira, elle, d'avoir pris part à une rébellion dont elle aura justement méjugé la nécessité. Poursuivie pour violation des lieux publics et infraction au travail parlementaire, elle dira avoir été piégée par les incitations du président et ses promesses de sauver l'Amérique. « J'ai gobé un mensonge, c'en est un et c'est embarrassant. » Comme 60 % des inculpés du 6 janvier, elle a connu ces derniers temps des difficultés financières et cette précarité, ajoutée à un sentiment de dépossession politique, aura peut-être contribué à sa radicalisation. Encore fallait-il une étincelle. Pour elle, ce furent les bravades de M. Trump, pour d'autres, les homélies de certains évangélistes. Peu avant le départ de Mme Ryan pour la capitale fédérale, le pasteur local avait convié ses ouailles, ses « guerriers », disait-il, à charger leurs armes et à stocker des vivres pour le jour de l'Inauguration. La Providence a décrété que Trump se maintiendrait au pouvoir, a-t-il prêché. « C'est un ordre exécutif émané non du Congrès mais de l'office du président-directeur général du Ciel, le chef de la planète [...]. Et de son siège là-haut il a prononcé : "Tel est mon vœu, Trump restera en fonction pendant huit ans." » On mesure mal à distance l'effet que peut exercer ce genre de sermon sur les fidèles dont cet homme de foi a la charge d'âme. Pour les émeutiers qui forçaient l'enceinte du Congrès aux cris de « *God, Guns, and Trump* », il résonnait à la fois comme une injonction morale et un devoir civique. Beaucoup d'entre eux, galvanisés par les appels de leur héros à ne jamais céder, pensaient vaillamment qu'ils pouvaient empêcher le Congrès de ratifier une élection qu'ils croyaient usurpée.

LE FANTÔME DE LA FRAUDE

Était-ce également la conviction de plus des deux tiers des représentants républicains à la Chambre et d'un bon quart des sénateurs qui prêtèrent leurs suffrages à cette fiction juste avant l'émeute et même, pour certains, le 6 janvier quand la séance eut repris son cours ? Certains n'hésitèrent pas à brandir l'étendard de la révolte. Ainsi Mo Brooks, représentant de l'Alabama, qui électrisait la foule réunie au Parc national de Washington juste avant l'attaque : « Êtes-vous prêts à vous battre pour l'Amérique ? » Ou le sénateur de l'Arizona Paul Gosar, un des promoteurs les plus sonores de la campagne pour « Arrêter le vol », qui qualifiait les résultats de l'élection de coup d'État, le président élu d'« usurpateur illégitime » et ses partisans de « socialistes antichrétiens ». Deux autres représentantes fraîchement élues voyaient dans cette journée de colère « le moment 1776 » des républicains. D'autres encore préféraient prudemment s'en tenir à l'argument légal d'une possible fraude qu'ils exigeaient de tirer au clair – même là où des candidats républicains, à la Chambre ou au Sénat, l'emportèrent le même jour sous le même régime de vote !

Il est difficile en l'occurrence de faire la part de la crédulité, de l'opportunisme, de la roublardise politicienne, ou de la peur des représailles d'un président notoirement vindicatif dont la popularité auprès de l'électorat républicain – plus de 90 % – et le pouvoir exercé par ce levier sur les investitures électorales continuent à faire trembler les caciques du parti. Toujours est-il que de nombreux membres républicains du Congrès – cent quarante-sept dont huit sénateurs – continuaient à réclamer, sur des présomptions controuvées, l'invalidation de millions de bulletins dans deux États[1]. Alors que toutes les contestations avaient été déboutées les unes après les autres dans les tribunaux fédéraux et la Cour suprême – souvent par des juges nommés par M. Trump. Le secrétaire à la Justice

1. Sur les 700 candidatures républicaines enregistrées à l'été 2021 par le gouvernement fédéral aux élections de mi-mandat à la Chambre en 2022, au moins un tiers s'en tenaient toujours à la thèse de Donald Trump sur les élections volées (« Republican Candidates Center Pitches on Trump's False Election Claim », *The Washington Post*, 5 juillet 2021).

lui-même, volontiers pliant d'habitude, prévint ce dernier que les investigations des agences fédérales n'avaient rien révélé de suspect, que les allégations sur une manipulation des machines de vote ne rimaient à rien et que son ministère ne tiendrait aucun rôle dans la contestation orchestrée par les avocats du président.

M. Biden emporta le scrutin présidentiel légalement et sans appel dans le collège des grands électeurs comme par le vote populaire qui lui a donné plus de quatre-vingts millions de suffrages, un record dans l'histoire des élections présidentielles, contre soixante-quatorze millions à son concurrent, un autre record historique pour un candidat républicain – je n'en vois pas un autre qui eût mobilisé autant d'électeurs pour le soutenir. Pourtant, d'après l'enquête postélectorale de Tony Fabrizio, le sondeur de l'ex-président, M. Trump a perdu la présidentielle alors que l'électorat républicain de 2020 était sensiblement plus nombreux qu'en 2016[1]. La clé est là, dans les chiffres et non dans l'hypothétique tripotage de scrutateurs supposément téléguidés par les démocrates. En Géorgie, où le recomptage a restitué deux mille votes perdus en faveur de M. Trump – une exception qui ne se produisit nulle part ailleurs –, l'avance de M. Biden était trop importante, presque douze mille voix, pour y changer quelque chose. D'ailleurs, il est avéré que la probabilité de fraude électorale à l'échelle nationale aux États-Unis est très faible, car l'organisation des scrutins est « morcelée » par une multitude de procédures suivant les États et les autorités locales[2]. La crise sanitaire avait entraîné en effet l'extension du vote

1. Enquête citée dans *The Wall Street Journal*, « Trump Lost to Himself » (18 février 2021).

2. Lorraine C. Minnite, *The Myth of Voter Fraud*, Ithaca, Cornell University Press, 2010.

par correspondance et du vote anticipé, qui parurent favorables aux démocrates et, dans certains cas, auraient probablement décidé l'issue du scrutin. Mais il ne s'agit là ni de fraude ni de manipulation électorale[1]. Plusieurs mois après l'élection, le Comité de surveillance du Parti républicain au Sénat de l'État du Michigan entreprit d'étudier l'ensemble des réclamations pour fraude. Ses conclusions, accablantes sur la campagne d'insinuations et de désinformation menée par les trumpistes, furent catégoriques : malgré les imperfections du système électoral, aucun cas de fraude caractérisée ne lui parut probant parmi les deux cents plaintes dénonçant un vote d'électeurs fantômes. Il y eut seulement deux irrégularités fortuites : la confusion entre un père et un fils portant le même prénom et la votation anticipée par correspondance d'un homme de 92 ans décédé quatre jours avant le scrutin. L'obligation, dans certains cas, de recompter se produisit non pas à la suite d'actes de malveillance mais en raison de la saturation des ordinateurs[2]. Chaque fois, ces incidents banals enflaient la défiance entretenue par les professionnels du complotisme, toujours armés d'explications ténébreuses, que des officiels républicains de tous rangs avalisaient publiquement, de gré ou de force…

Il se trouvait assurément, le 6 janvier, des personnes parmi la foule des indignés en révolte qui voyaient dans l'acharnement de tant d'élus de ce parti à relayer le poison du soupçon – et en pleine séance de certification – sinon un blanc-seing du moins une manière d'assentiment moral.

1. Voir également à ce propos l'analyse ci-dessous, p. 116-123.

2. « Report on the November Election in Michigan », *Michigan Senate Oversight Committee*, juin 2021.

*

La multitude des visages et la variété des destins individuels que fait défiler le récit de ces événements nuancent donc sensiblement l'image uniforme de « suprémacistes » et de « déplorables » qui leur est accolée, pour ne rien dire des millions d'Américains qui partagent de quelque manière leurs opinions. Il n'empêche, l'épisode auquel ils prirent part, de près ou de loin, est une manifestation caractérisée d'extrémisme, un outrage aux lois, aux conventions, aux procédures qui gouvernent la vie de la Cité : débats d'opinion, pétitions, manifestations, négociations, compromis... On bascule dans l'extrémisme du moment qu'on abandonne ces accessoires usuels de la vie publique ; quand on substitue aux lois et aux conventions une idéologie particulière – c'est le cas de tout mouvement extrémiste – ou une justice supérieure, ou encore, en l'occurrence, la persuasion intime de parer à un complot contre la Constitution que ses ennemis sont en train de bafouer.

Il est deux autres ferments bien connus qui contribuent à parachever la conversion à l'extrémisme et sa rationalisation par un « ciment narratif » mobilisateur. La rancœur, l'indignation, le sentiment d'abandon, de déclassement, de marginalisation, d'exclusion... Et, par ailleurs, l'identification à une « communauté de destin » imaginaire, d'autant plus puissante qu'elle regroupe bien au-delà des seuls laissés-pour-compte de la mondialisation ; le réconfort de se sentir incorporé dans une conversation, dans une intimité numérique, si je puis dire, qui galvanise à distance les sympathies et les affinités, en même temps qu'elle compose en négatif, par les mêmes procédés et les mêmes relais, la physionomie collective, essentialisée, dépersonnalisée, déconsidérée de l'ennemi qu'elle combat[1].

Le 6 janvier est le rejeton délétère de cette fraternité virtuelle fermentée dans le chaudron des passions et des colères qui lui tenait lieu d'identité.

1. Sur ces identités belligérantes et l'extrémisme en général, voir J. M. Berger, *Extremism*, Cambridge (Mass.), The MIT Press, 2018, notamment chapitre V.

II

Les sortilèges d'une présidence « alternative »

Il partit de Washington comme il y était arrivé : en outsider intempestif, inclassable, réfractaire et, déjà, résolu à y revenir. Dans la galerie disparate des hôtes de la Maison-Blanche, Donald Trump, lui prédisent ses contempteurs, est appelé à réintégrer le quartier des réprouvés, au côté d'un Franklin Pierce, le quatorzième président (de 1853 à 1857), signalé par son soutien aux intérêts esclavagistes et son impuissance à endiguer la marche du pays vers la guerre de Sécession. Ou de son successeur, James Buchanan (président de 1857 à 1861), dont l'incurie a rendu cette guerre inéluctable. Ou d'Andrew Johnson (1865-1869), dont le principal fait d'armes est d'avoir beaucoup œuvré à empêcher les Noirs d'accéder aux droits politiques, lui aussi visé par une procédure de destitution qui échouera à une voix près. Ou encore d'Andrew Jackson (1829-1837), homme d'une tout autre trempe, mais de préjugés implacables, ombrageux, vindicatif, premier président à attacher son nom à la déconcentration du pouvoir fédéral et à l'idée de « démocratie populaire » – il avait été élu comme le champion des « petites gens » contre les « intérêts » – que Tocqueville devait rencontrer à la Maison-Blanche au cours de son voyage en Amérique et ne tenait guère en estime. De cet « antipolitique » avant la lettre, méfiant des politiciens professionnels, père du « système des dépouilles », qui s'accommodait de la corruption quand elle pouvait le servir, son visiteur français dresse un portrait peu amène qui fait résonner aujourd'hui des cordes étrangement familières : c'est « un homme d'un caractère violent et d'une capacité moyenne », dépourvu des « qualités requises pour gouverner un peuple libre », le promoteur et l'agent des « jalousies provinciales » – autant dire de la haine des « élites » – qui l'auront porté au pouvoir ; « c'est en flattant chaque jour ces passions qu'il s'y maintient et y prospère » ; fort de ses appuis populaires, « il foule aux pieds ses ennemis personnels partout où il les trouve, avec une facilité qu'aucun président n'a rencontrée ; il prend sous sa responsabilité des mesures que nul n'aurait jamais avant lui osé prendre ; il lui arrive même de traiter la représentation nationale avec une sorte de dédain presque insultant[1]... ». Donald Trump, qui aime le citer en exemple, fit orner pendant quatre ans le Bureau ovale de son portrait, prestement retiré à l'arrivée de son successeur.

LA CONQUÊTE

Le quarante-cinquième président des États-Unis quitta la capitale sans cérémonie, entouré d'opprobre, après avoir manqué à tous les usages qui régissent le passage de témoin à la Maison-Blanche : il omit de concéder sa défaite électorale, de féliciter le président élu, d'engager le

1. *De la démocratie en Amérique*, *op. cit.*, t. I, deuxième partie, chapitres III, IX, X.

traditionnel processus de transition entre les deux administrations, tout comme il refusa d'honorer de sa présence l'investiture de son successeur ou même de prononcer son nom au moment de prendre congé. De toutes les normes démocratiques qu'il a bousculées au cours de son mandat, ces manquements à la pacifique transmission du pouvoir sont d'une gravité comparable à sa dénégation controuvée des résultats de l'élection présidentielle. Alors que les Américains se rendirent aux urnes, plus nombreux que jamais dans l'histoire du pays, sur fond d'une pandémie meurtrière qui plus est, pour participer à un scrutin national étroitement réglementé, dont l'issue – en nombre de voix comme de grands électeurs – ne prêtait à aucune contestation sérieuse, le président battu, secondé par un peloton d'élus du Congrès et une armée de militants républicains, entreprit de démentir le vœu national, publiquement, méthodiquement, obstinément, le ravalant au rang d'une vulgaire machination au seul motif qu'il ne l'avait pas emporté.

Ce fut la conclusion crépusculaire d'une présidence qui ne ressemblait à aucune autre, ballottée par une gestion échevelée, des polémiques et des scandales à répétition. Donald Trump, ce milliardaire né et élevé à New York, promoteur immobilier aux réalisations pharaoniques et aux faillites retentissantes, accessoirement vedette de la téléréalité, est le seul président à n'avoir pas réussi, par deux fois, à emporter le vote populaire : à l'élection de 2016 qu'il a gagnée et à celle de 2020 qu'il a perdue (de plus de sept millions de voix). Le seul à avoir foulé le Bureau ovale exempt de toute espèce d'expérience politique. Le seul aussi à avoir enlevé les primaires d'un parti qu'il venait tout juste de rejoindre – il avait changé sept fois d'orientation politique avant de s'improviser républicain –

en balayant une pléiade de concurrents chevronnés ; il le fit sans grandes ressources logistiques et sans autre atout qu'une popularité conquérante auprès des sympathisants républicains de toutes sensibilités – et bientôt de millions d'autres Américains, « désaffiliés », dépolitisés, mais prêts désormais à lui accorder ce qu'ils avaient toujours refusé aux candidats des deux partis : se rendre aux urnes. Le seul encore à avoir muselé en un temps record le vieux parti d'Abraham Lincoln et de Ronald Reagan, le caporalisant de la base au sommet par la menace, l'intimidation, les injures ; il en usa prodigalement, à la Maison-Blanche et aujourd'hui encore depuis sa résidence en Floride, fort du soutien indéfectible de ses partisans, l'arme suprême pour réduire au silence et faire rentrer dans le rang des élus récalcitrants dont l'investiture aux futurs scrutins était au prix de cette allégeance. Le seul à avoir accusé son propre ministère de la Justice et le FBI de conspirer contre sa personne pour le faire destituer. Le seul de tous les présidents en exercice à avoir donné publiquement créance aux mensonges avérés d'un dirigeant étranger, Vladimir Poutine en l'occurrence, à propos des ingérences russes dans l'élection présidentielle de 2016, au mépris des rapports fournis par les renseignements américains[1]. Enfin, le seul à avoir essuyé, pendant son unique mandat et en l'espace de treize mois, deux procédures de destitution – la seconde, alors qu'il n'était plus en fonction –, suivies chaque fois d'un acquittement qui ne devait rien aux actes incriminés et tout aux rapports de forces politiques au sein du Sénat.

Il est aussi le premier président à avoir installé la « poli-

1. Quelques jours avant la rencontre des deux présidents à Helsinki (16 juillet 2018), la commission Mueller, nommée par le ministère de la Justice, avait identifié nommément douze officiers russes impliqués dans des opérations de cyber-espionnage ciblant les serveurs de l'adversaire démocrate de M. Trump.

tique post-vérité » au cœur de l'appareil du gouvernement de la plus puissante démocratie du monde. Donald Trump – l'homme de spectacle comme l'homme politique – personnifie jusqu'à la caricature le nouveau régime de la vérité dont il fit l'instrument phénoménal de sa conquête du pouvoir et de son ascendant, toujours intact, sur l'électorat du Parti républicain, qui continue de le soutenir à plus de 80 %[1]. Il transféra au domaine public une règle de vie qui l'avait guidé dans la gestion de ses affaires : le mensonge n'est qu'une variante de la vérité, une « hyperbole véridique », une vérité alternative, contingente, un point de vue subjectif, révisable, affaire de moment, de situation, d'opportunité, qu'on adapte, ou abandonne, suivant les nécessités ou la demande. Il ne s'agit pas tant de dire la vérité que de savoir « parler vrai », de paraître audible tout en affranchissant la parole des contraintes du réel : dans le monde de Donald Trump, ce sont les paroles qui fabriquent les faits, non l'inverse. Et il lui arrive d'y croire lui-même, pour un temps du moins, il lui arrive même de recréer la réalité au-delà des frontières de l'imaginable. Tel cet aveu édifiant fait à deux journalistes : « Je crois que si George Washington revenait d'entre les morts [pour se présenter à l'élection présidentielle] et qu'il choisissait comme colistier Abraham Lincoln, il lui serait très difficile de me battre[2]. »

Devenu candidat, sa principale arme électorale – elle allait s'avérer d'une efficacité infaillible – consista précisément à déconnecter le débat public du principe de réalité. Il sut,

1. J'utilise, dans les pages qui suivent, mon analyse parue dans « Le nouveau régime de la vérité », *Le Débat*, n° 197, 2017, p. 32 et suiv., et dans plusieurs chroniques parues dans *Le Figaro*.

2. Carole Leonnig et Philip Rucker, *I Alone Can Fix It*, Londres, Bloomsbury, 2021, p. 508.

avec une prescience remarquable, transformer en « vérités électorales » des maux imaginaires parés de tous les attributs de la vraisemblance. À sa devise victorieuse, « rétablir la grandeur de l'Amérique » (*Make America great again,* ou *MAGA*), répondait en écho le tableau apocalyptique qu'il dressait d'un pays à la dérive, sapé par l'immigration, rongé par le crime et assiégé de périls : il balaya les faits en visant les émotions des électeurs dans un pays travaillé par les dissensions et la peur. À la veille du scrutin, des dizaines de millions d'Américains croyaient en effet que l'économie était en train de plonger (elle connaissait une prospérité sans précédent mais qui ne profitait pas à tout le monde – et devait s'accélérer jusqu'à l'irruption de la crise sanitaire), que le taux des homicides explosait (il était le plus bas depuis un demi-siècle, avant de s'emballer à partir de 2019 et atteindre des records spectaculaires), que les élections étaient truquées d'avance (il le répétera après sa victoire à propos du vote populaire qui vit son adversaire démocrate, Hillary Clinton, le devancer de plus de 2,8 millions de voix), les sondages frelatés, les informations sur la reprise économique fabriquées, l'immigration illégale peuplée de trafiquants, de violeurs et de hors-la-loi...

Sa devise, « l'Amérique d'abord », qui lui servit de bannière électorale, tenait à la fois d'une protestation nationale et d'un programme politique. Ce brevet de patriotisme avait peu à voir avec le patriotisme et beaucoup avec le nationalisme, deux notions que George Orwell jadis, dans un texte célèbre, distingue et même oppose. Le patriotisme, c'est l'attachement à un territoire, à une manière d'être, nationale, culturelle, qu'on vénère mais qu'on n'entend imposer à personne. Le nationalisme se nourrit d'abord de la volonté de puissance, de domination ; il est conçu en termes de victoires et de défaites, d'élévation et d'humiliation[1]. « L'Amérique d'abord » de Donald Trump se référait à un nationalisme vidé de son contenu patriotique, hanté par les ennemis de l'intérieur, vrais ou fantomatiques, méfiant envers les nations étrangères, hostile aux conventions internationales – qu'il abandonna les unes après les autres – et préférant le bilatéralisme à toute forme d'engagement multilatéral. D'où les récriminations (en partie fondées) contre l'Otan, contre les États européens qui lésinaient sur leur contribution au budget de l'Alliance, contre les accords de libre-échange, contre les immigrés, tous soupçonnés de parasiter la grandeur américaine.

La foule des allégations spécieuses qu'il prononça pendant cette campagne ébranlait un peu plus les normes du débat public – déjà passablement malmenées depuis la « révolution républicaine » des années 1990 attisée par un autre politicien controversé, l'ex-président de la Chambre des représentants, Newt Gingrich, qui allait devenir un de ses enthousiastes. Avec la pratique éprouvée des « vérités alternatives », Donald Trump politisait à son profit l'art débonnaire de « baratiner », de débagouler des « fumisteries » – *bullshit* en anglais – comme l'avait fait en son temps, dans un registre bienveillant et récréatif, Tartarin de Tarascon pour régaler ses amis qui n'en pensaient pas moins[2]. Le candidat, comme plus tard le président, en usait libéralement, compulsivement, en multipliant sans compter les imputations approximatives, exorbitantes ou platement fallacieuses qui visaient non à persuader mais à entretenir

1. George Orwell, « Notes sur le nationalisme » [1945]. Sur les caractères originaux du nationalisme américain, inséparablement affectif et raisonné, voir Steven B. Smith, *Reclaiming Patriotism in an Age of Extremes*, New Haven, Yale University Press, 2021.

2. Harry G. Frankfurt, *On Bullshit* [2005], trad. fr. Mazarine, 2017 (je fais allusion au charmant antihéros dépeint par Alphonse Daudet).

justement des ressentiments, des préjugés, des soupçons, des certitudes illusoires, à fort potentiel électoral. À la différence du menteur ordinaire qui dissimule les vérités qui peuvent le gêner, lui ment sans compter et sans rien cacher, rien calculer, sans même apercevoir la ligne qui sépare le vrai du faux, quitte à dire le lendemain le contraire de ce qu'il affirmait la veille. Et les moissons abondantes du *fact-checking* se révélaient impuissantes à ralentir sa marche irrésistible vers la Maison-Blanche, toujours décalées, forcément, trop prosaïques, trop fastidieuses et suspectes de partialité. Elles ne pouvaient rattraper le débit intarissable du candidat, qui lui permettait ainsi, grâce aux divers supports des médias et des réseaux numériques, de dicter l'ordre du jour politique à force de déclamations accommodables à l'humeur de son auditoire captif, de promesses mirobolantes, d'accusations, de calomnies..., en obligeant du coup ses cibles à y réagir plutôt qu'à faire valoir leur programme.

Les années Trump furent une terre d'accueil fertile – un véritable théâtre expérimental – aux nouveaux usages de la très vieille obsession du complot. Non pas « le style paranoïaque » de la politique décrit jadis par Richard Hofstadter, qui avait peu à voir avec la paranoïa : il désignait des êtres plutôt rationnels qui concevaient les affaires de la Cité en termes de volontés et d'intentions plutôt que de les attribuer à des causes et à des forces impersonnelles[1]. Le complot dans sa version traditionnelle est l'enfant de notre modernité politique, inhérent à la « désacralisation » du pouvoir. Il repose sur l'idée que tout ce qui arrive résulte de volontés méditées, assumées, mais parfois invisibles. C'est le contre-modèle de l'interprétation historique puisqu'il

1. Richard Hofstadter, *Le Style paranoïaque dans la vie politique américaine* [1964], trad. fr. François Bourin, 2012, préface de Philippe Raynaud.

recrée l'histoire à sa guise, « une explication antihistorique de l'histoire[1] ». Il s'efforce en effet de fournir un tableau rigoureux, cohérent, intelligible du monde alentour, des événements proches ou lointains qui en rythmaient l'histoire et des puissances cachées qui menacent sourdement de le détruire. Il recourt pour les « démasquer » à toute une panoplie de moyens parfois grandioses – grands récits, intrigues ténébreuses, enchaînements bien ordonnés, éminents acteurs et petits figurants. Cette version classique du complot n'est pas totalement disparue. Mais elle est concurrencée, surtout aux États-Unis et notamment dans sa version trumpiste, par une exploitation des thèmes complotistes moins complexe, plus expéditive, plus directement politique et immédiatement utilisable : elle est alignée sur la polarisation dont elle se nourrit et qu'elle ne cesse d'alimenter. Il s'agit toujours de donner sens à l'expérience vécue, d'en désigner les coupables, d'instruire leur procès, mais sans forcément se soucier des preuves, des filiations, des détails. C'est un « complotisme sans théorie », sans le support d'une idéologie constituée, sans récit élaboré[2]. Un complotisme post-vérité, si l'on veut, instrument aléatoire, comme le mensonge, dont l'objet principal est la délégitimation de l'adversaire du moment : il procure à des esprits impatients, ou furieux, et peu regardants, le même genre de gratification immédiate qu'un mensonge proféré à la volée. Et c'est peu de dire que notre époque s'y prête. Quand des individus vivent dans l'incertitude de leur bien-être, de leur emploi, de leur place dans la société, où cer-

1. Marcel Gauchet, « La démocratie et le démon du complot », *L'Histoire*, oct.-déc. 2006.

2. Sur le complotisme sans théorie, voir Russell Muirhead et Nancy L. Rosenblum, *A Lot of People Say. The New Conspiracism and the Assault on Democracy*, Princeton University Press, 2019, p. 1-41.

tains ont déjà tout perdu, ou sont menacés de tout perdre, quand ce qui leur arrive renvoie à des phénomènes qui leur échappent – la globalisation, le progrès technologique, les guerres –, le besoin d'explications simples, de responsables tangibles, qu'on peut nommer, identifier, ouvre aux thèses conspirationnistes une grande carrière. Donald Trump, dont l'esprit n'est guère bridé par les contraintes du réel, est un utilisateur compulsif, souvent très habile, de ce complotisme d'opportunité, qu'il fait relayer aussitôt, massivement, pour discréditer un adversaire politique (Obama est un musulman né hors des États-Unis, le père de Ted Cruz, sénateur du Texas, prit part à l'assassinat du président Kennedy...), désigner des importuns à la colère de ses partisans, ou seriner l'accusation, avec mille variantes, d'un vaste complot qui le privait de sa réélection...

*

Le nouveau président choisit d'inaugurer sa fonction sans invoquer le legs des Fondateurs, sans davantage appeler à l'union et à la réconciliation d'une nation énervée par des haines partisanes, déchirée sur son identité, son passé, les principes, les valeurs et jusqu'au langage qui lui tiennent encore lieu de patrimoine commun – aujourd'hui, moins d'un quart des démocrates et encore moins de républicains estiment que l'autre camp respecte « les institutions et les traditions démocratiques » du pays[1]. Il préféra célébrer ses électeurs dont il s'appropriait la voix, les oubliés, les humiliés, les indignés, campés en quelques traits ombrageux, puis dénoncer avec une faconde comminatoire, devant une assistance médusée, des calamités indicibles – certaines, il

1. Sondage du Pew Research Center (mars 2021).

est vrai, bien réelles – avant de promettre de « mettre fin au carnage américain ». Un quart de siècle plus tôt, le tout nouveau président républicain de la Chambre, Newt Gingrich, le pionnier déjà cité de l'assaut contre les normes de civilité et de dialogue bipartisan qui gouvernaient encore à l'époque la vie publique, avait inauguré ce qu'il appelait « le contrat avec l'Amérique » – du Trump avant Trump – par ces mots désormais familiers : « À ce jour, sur ces marches, nous offrons ce contrat comme un premier pas vers la régénération de la civilisation américaine », autre manière d'arrêter le « carnage » que dénoncera plus tard son épigone. Donald Trump reprit en l'adaptant la méthode de « négativisme partisan » prescrite autrefois par Gingrich aux jeunes loups qu'il avait aidés à se faire élire : balayer les boniments de la politique bipartisane – qui profitait surtout aux démocrates, effectivement, dans les années post-Watergate – en concevant le débat public en termes d'une guerre entre le Bien et le Mal ; y référer tous événements, grands ou petits, comme autant de révélateurs d'une Amérique gangrenée qu'il fallait sauver ; sans bouder, pour ce faire, les éléments de langage qui servent à abaisser l'adversaire – « malsain », « pathétique », « mensonger », « anti-drapeau », « corrompu »[1]… Ici, l'allégeance partisane primait tout autre principe et toute autre considération. La logique qui présidait à cette « insurgence » était simple comme toute idée populiste : si l'on veut sauvegarder le Congrès, trop corrompu pour être régénéré, il faut d'abord le détruire. C'était chose inconcevable avant Gingrich que d'user ouvertement de la guérilla politique pour miner délibérément l'esprit des institutions.

1. Thomas E. Mann et Norman J. Ornstein, *The Broken Branch. How Congress is Failing America and How to Get it Back on Track*, Oxford University Press, 2008, et le portrait de Gingrich donné par McKay Coppins, « The Man Who Broke Politics », *The Atlantic*, novembre 2018.

Les mêmes pratiques allaient porter Donald Trump au pouvoir et imprégner de bout en bout son mandat. De sa manière inimitable, toujours sur le ton de la confidence même quand il parlait à des milliers de personnes, le candidat et bientôt le président proférait sur la scène publique ce qu'on n'ose d'habitude prononcer qu'en petit comité ou dans l'anonymat des échanges numériques. Il acclimatait à lui tout seul dans l'espace public une liberté de langage et un ton d'une crudité inédits, éruptifs, acrimonieux, sans freins. Pendant la campagne de 2016, il n'avait pas hésité à vilipender sa rivale démocrate (« Hillary la pourrie ») et à réclamer son incarcération – il le fera répéter en chœur dans ses réunions publiques tout au long de son mandat (« Enfermez-la ! Enfermez-la ! ») ; ou à inviter publiquement les hackers russes à pirater ses serveurs ; et, auparavant, pendant les primaires républicaines, à abaisser ses concurrents, « Marco la petite taille » (Rubio), « Jeb de basse intensité » (Bush), « Ted le fourbe » (Cruz) ; ou, plus tard, à accabler d'injures sous les applaudissements l'ancien directeur du FBI qu'il avait limogé (« un désastre »), la présidente de la Chambre qui avait engagé son premier procès en destitution pour abus de pouvoir dans l'affaire ukrainienne (« Elle est cinglée, Nancy, cinglée, vraiment cinglée »), et le représentant démocrate Adam Schiff, président de la Commission des renseignements, qui l'avait instruit (« un vicieux et horrible personnage ») ; ou à faire avertir plusieurs sénateurs républicains jugés peu sûrs : « Vous votez contre l'acquittement du président et votre tête sera promenée au bout d'une pique » ; et, plus généralement, à traiter les « *Never Trumpers* » de « déchets humains » (*human scum*) ; ou encore, au plus fort de l'épidémie de Covid-19, à appeler ses partisans à protester contre les gouverneurs démocrates qui imposaient des restrictions sanitaires et des gestes barrière (« Libérez Michigan ! », « Libérez Minnesota ! »). C'étaient, de bout en bout, les mêmes outrances verbales, la même technique d'intimidation et de dénigrement personnel, visant tel trait physique, telle infirmité... Et pourtant, même ses cibles, à commencer par les élus de son propre parti, malmenés, injuriés, parfois humiliés publiquement, continuaient à le courtiser, ulcérés, fascinés et... soucieux de leur avenir politique tout à la fois.

Donald Trump réussit ce qu'aucun de ses prédécesseurs les moins recommandables n'avait osé concevoir : accommoder la fonction présidentielle à son tempérament plutôt que plier sa conduite publique aux usages et convenances qu'elle réclame. Il n'avait visiblement pas l'intention de s'adapter aux servitudes établies de longue date du métier de président. Il ne connaissait pas d'autre manière d'être et d'agir que celle de suivre ses instincts et ses habitudes, qu'il a transposés dans le décor du Bureau ovale. À la stupéfaction des observateurs, et des siens, c'était toujours le même Donald J. Trump, mais avec les marines pour le protéger, les salves et la musique de parade, les garde-à-vous, les voitures blindées et l'avion présidentiel. Lui seul possédait le secret de fabrication de son personnage, nullement défraîchi par la fonction qu'il allait tailler à son image, un composé de culot et d'obscénité, de narcissisme et d'autorité, de crânerie et de pétulance, de franchise politique et de cécité morale, réfractaire à toute imitation. Ses qualités et ses travers, stimulés par une absence totale de surmoi et un robuste sentiment d'impunité, le servaient plus souvent qu'ils ne lui portaient préjudice. Il pétrifiait Washington et sidérait ses interlocuteurs étrangers. Abrasif, irascible, très susceptible, imprévisible et plutôt mal entouré, mais sans peur et peu porté à l'introspection, ce chef d'État unique en son genre dans l'histoire des démocraties occidentales n'hésitait pas à bafouer toute forme de civilité en abaissant le ministère qu'il occupait sans même y prendre garde. Aux procédures établies, qu'il connaissait mal, il préférait les méthodes expéditives des affaires et de la téléréalité, qu'il maîtrise en virtuose – déclarations tapageuses, insultes ciblées, de préférence en direct, contre des dirigeants étrangers, des journalistes désobligeants, des adversaires politiques, des législateurs indociles et jusqu'à ses collaborateurs passés ou présents.

À L'ÉPREUVE DU PRINCIPE DE RÉALITÉ

Toujours échaudé par la campagne présidentielle, il a gâché son entrée en fonction par une série de réquisitoires spécieux contre ses anciens concurrents, contre son prédécesseur et le FBI accusés de l'avoir mis sur écoute, contre la fraude électorale – déjà – qui l'aurait spolié de la majorité du vote populaire, contre les médias qui auraient occulté les « foules immenses » présentes à son investiture (Barack Obama en avait rassemblé trois fois plus).

La Maison-Blanche, qu'il avait promis de gérer comme un business bien réglé, ressemblait tantôt à une start-up déréglée tantôt à une cour byzantine tiraillée entre clans rivaux ; une administration chahutée, dysfonctionnelle, où des centaines de postes clés ne seront jamais pourvus et le roulement des ministres et des conseillers n'aura cessé de tourner au rythme des humeurs présidentielles, de ses errements, de ses bévues, ou du découragement des intéressés.

Quatre années de tumulte, émaillées de plus de trente mille mensonges, faussetés ou désinformations – d'après le relevé des *fact-checking* réalisé par le *Washington Post* – proférés par un pyromane politique insatiable de sa parole ;

de soixante mille tweets ou retweets, son mode de communication préféré, qui le mettait en contact direct, sans truchement, sans filtre et sans contrôle, avec ses millions d'abonnés sur Twitter et le reste de la planète (avant que ses comptes ne soient résiliés au lendemain de l'émeute).

Incurieux des dossiers qui n'intéressaient pas directement ses priorités du jour, souvent incompétent dans la mise en œuvre de ses propres projets, M. Trump ne faisait pas toujours la différence entre les informations que lui fournissaient les rapports officiels – trop lassants – et celles des chaînes câblées, dont il est un avide consommateur. Il possédait par ailleurs de solides prédispositions à se croire environné d'intrigues et de machinations ourdies par la cohorte de ses adversaires, son prédécesseur, le FBI, l'État profond, la presse encore et toujours, les « influenceurs » de la haute technologie... Au début de la campagne pour sa réélection, il entretenait l'hypothèse, délirante, que la candidature de Joe Biden n'était qu'un leurre fabriqué par les démocrates pour l'égarer : ils laisseraient M. Trump ravaler « Joe l'endormi » sous les rafales de son sarcasme, avant d'évincer ce candidat de parade au profit d'Andrew Cuomo, alors le très populaire gouverneur de l'État de New York, dont les conférences de presse quotidiennes pendant la crise sanitaire firent une star nationale, éclipsant les intermittentes tirades présidentielles, confuses, fluctuantes et mal informées. Un Cuomo d'autant plus redoutable, confiait Donald Trump à des conseillers abasourdis, qu'il serait flanqué pour la vice-présidence de Michelle Obama : c'est le couple Obama, conclut-il, qui avait conçu cette trame pour le dégommer[1]...

1. D'après le récit de Michael Wolff, *Landslide : The Final Days of the Trump Presidency*, New York, Henry Holt & Company, 2021. Cuomo a démissionné en août 2021, à la suite d'une série d'accusations de harcèlement sexuel.

*

Au rebours de ses déclamations catastrophistes, M. Trump hérita de son prédécesseur une situation économique enviable, qu'il allait revigorer – croissance record, état de quasi-plein emploi, taux de confiance au plus haut depuis un quart de siècle, avant que la crise sanitaire y mette momentanément un coup d'arrêt. L'épidémie qu'il n'a su gérer, et qui l'intéressait peu, lui aura probablement coûté sa réélection : il est rarissime qu'un président en exercice ne soit pas reconduit dans une conjoncture économique aussi prometteuse. Donald Trump aura été battu autant, peut-être plus, par le Covid-19 que par Joe Biden.

Si ce président-là n'avait pas de dessein politique défini, ses convictions – et ses préjugés – lui tenaient lieu de programme qu'il entendait mettre en œuvre, ce qu'il fit en partie, avec plus ou moins de bonheur. Il réussit à installer deux cent seize juges conservateurs dans les cours fédérales et à basculer le délicat équilibre « politique » de la Cour suprême en y faisant nommer pas moins de trois magistrats de son choix (ce qui porte à six le nombre des conservateurs, contre trois « libéraux »). Sans doute espérait-il qu'en cas de contestation du scrutin présidentiel les cours sauraient le ménager, avant de déchanter en dénonçant leur oublieuse ingratitude. Il avait promis de baisser les impôts et de déréguler la finance pour libérer la croissance, et il le fit ; de relever les revenus des bas salaires, et, pour la première fois depuis la crise de 2008, ils commençaient à augmenter ; d'abroger et de renégocier l'accord de libre-échange nord-américain (institué en 1994 entre les États-Unis, le Canada et le Mexique), et il le fit aussi ; de taxer les importations chinoises et de forcer Pékin à renégocier de nouveaux accords commerciaux, qu'il a obtenus mais avec un succès tout relatif : on lui doit surtout d'avoir évoqué sans fard les abus, les manipulations monétaires et, plus généralement, le piratage économique pratiqués par les Chinois, leurs violations du droit international en mer de Chine méridionale et sa militarisation en dépit des promesses publiques faites au président Obama. M. Trump avait annoncé une réforme de l'assurance maladie et un vaste plan d'investissement dans les infrastructures, qui n'ont vu le jour ni l'un ni l'autre. Il avait également promis de faire construire un mur infranchissable sur la frontière du Mexique aux frais de son gouvernement, sans y parvenir mais en faisant ralentir sensiblement le flux migratoire.

Sa politique internationale parut également à son image : volontariste et incohérente. Il était hostile, de longue date, au « wilsonisme botté », comme l'appelait Pierre Hassner, qui avait conduit les États-Unis à envahir l'Afghanistan puis l'Irak, en espérant ingénument y installer la démocratie par la force des baïonnettes, de la volonté et des bons sentiments. Mais il n'accepta pas davantage le rôle traditionnel dévolu à l'Amérique de garant de l'ordre international et de défenseur des valeurs démocratiques. Il abandonna l'internationalisme pour une version toute personnelle d'isolationnisme, retirant les troupes américaines de plusieurs théâtres, mais il prisa le militarisme et l'étalage de la puissance – « notre prépondérance militaire ne peut être mise en doute ». Repli en Syrie (tempéré toutefois par les conseillers présidentiels), abandon des Kurdes à la merci des brigues impérialistes du président turc, retrait d'Afghanistan aux termes d'un accord conclu avec les talibans (février 2020), dont le gouvernement de Kaboul était exclu… Il commença là ce que son successeur allait finir dans les pires conditions : rendre le pays à ceux-là mêmes que les troupes américaines avaient chassés vingt ans plus tôt.

L'administration Trump a abandonné les accords de Paris sur le climat, puis le traité sur le nucléaire iranien (2015) – un « épouvantable accord », « le pire accord jamais signé par les États-Unis ». C'était une de ses plus grandes erreurs de politique étrangère : le départ de Washington n'a fait qu'accélérer la marche incontrôlable des Iraniens vers la bombe, et le rétablissement des sanctions américaines, pourtant très dures – cette « politique de pression maximale » –, n'a pas davantage entraîné l'effondrement du régime des mollahs, comme certains au département d'État l'avaient espéré contre toute logique. M. Trump fit transférer l'ambassade américaine de Tel-Aviv à Jérusalem sans se préoccuper des réactions internationales – plutôt inertes, d'ailleurs – et sans rien requérir des Israéliens qui ne demandaient pas mieux. Mais il joua un rôle décisif, avec un pragmatisme et une détermination impressionnants, dans la conclusion des accords d'Abraham, noués depuis deux décennies, qui normalisèrent sous son impulsion, chose naguère inimaginable, les relations d'Israël avec plusieurs États arabes, les monarchies du Golfe en particulier, soucieux de contrarier les agissements de l'Iran à travers le Moyen-Orient. Ce fut, toutefois, au préjudice de la question israélo-palestinienne, dont M. Trump sous-estima l'importance capitale ; mais il est vrai que les deux partenaires de ce conflit centenaire ne se montraient guère disposés à concéder les sacrifices, de part et d'autre, que requiert le compromis historique entre les deux peuples. M. Trump eut raison de nouer le dialogue avec la Corée du Nord, mais il le fit sans stratégie claire ni bénéfice tangible. Il misa, de même, sur son « art du deal » pour apprivoiser le président russe qui réussit plutôt, on l'a dit, à le faire balader au cours de leur rencontre à Helsinki en lui faisant avaliser des mensonges sur les ingérences du Kremlin dans l'élection présidentielle de 2016 : c'était un spectacle édifiant que de voir le président des États-Unis désavouer, sans même s'en apercevoir, les rapports accablants de ses propres agences de renseignement, au bénéfice de l'auteur même du délit. On ne saurait dire pour autant que la fascination affichée de M. Trump pour son homologue russe ait beaucoup bénéficié à Moscou. L'administration américaine, moins impressionnable, n'hésita pas à expulser des diplomates russes après une tentative d'assassinat en Angleterre d'un dissident en exil, ni à multiplier les sanctions contre des militaires, des oligarques et des compagnies liés au Kremlin ; mais elle ne chercha jamais à adopter une stratégie conséquente envers Moscou.

LE « PACTE POPULISTE » AMÉRICAIN

Le plus grand succès de Donald Trump, le plus inattendu et qui perdure toujours, s'élevait du fond de l'Amérique : le ralliement passionné, sans réserve, des millions d'Américains, « cols-bleus », classes populaires, déshérités de la crise économique, conservateurs évangélistes, notamment dans les États qui avaient connu un écroulement industriel, Michigan, Wisconsin, Ohio, Pennsylvanie... Qu'un milliardaire new-yorkais, habitué des empires immobiliers et des grandes affaires, se mue presque sans transition en icône de cette coalition disparate eût paru impensable, ahurissant, à ceux qui bientôt allaient le découvrir et, pour certains, le subir à leurs dépens. Le succès remarquable de ce « pacte populiste » est plus facile à décrire qu'à expliquer.

Le populisme est un rejeton adultéré de la démocratie

libérale, à la fois association morale et « alliance culturelle » plus encore que politique, car elle transcende la division gauche-droite. Le phénomène ne renvoie ni n'en appelle à un corps de doctrine constitué, si ce n'est l'idée passablement poreuse d'une opposition entre « peuple » et « élite », pas plus qu'il n'est revendiqué par ses recrues sous ce label dépréciatif[1]. L'un de ses traits constitutifs, qui semble habiter Donald Trump, est la conviction que le pouvoir politique, émanation de la souveraineté du peuple, est confisqué par des puissances illégitimes qui échappent aux procédures démocratiques ordinaires – les médias, « l'État profond », les « élites » toujours…, sa version à lui du « style paranoïaque de la politique américaine[2] ». Pour autant, on le sait, le populisme, qui cible essentiellement la démocratie libérale, n'est pas toujours et partout un ennemi de la démocratie elle-même, il lui arrive au contraire de lui servir de correctif, de donner un relief nécessaire à des questions sensibles, des anomalies, qu'elle néglige parfois – ou rechigne – d'affronter[3]. Les années Trump le montrent amplement – sur la politique migratoire, la contribution des Européens au budget de l'Otan, ou les déprédations chinoises que le président mit à l'ordre du jour du débat national.

Le populisme devient une force politique quand il s'incarne dans une figure qui le porte. C'est la version cor-

1. On comprendra que j'exclus de cette caractérisation le populisme entendu comme une force émancipatrice propre à la « démocratie radicale » (Ernesto Laclau, *On Populist Reason*, Londres, Verso, 2005). Le terme d'« alliance culturelle » a été forgé par Lawrence Goodwyn dans son étude du mouvement coopératif des fermiers du Texas dans les années 1880 (*Democratic Promise : The Populist Movement in America*, Oxford University Press, 1976).

2. R. Hofstadter, *Le Style paranoïaque dans la vie politique américaine*, *op. cit.*

3. Sur les effets positifs du populisme, voir C. Mudde et Cr. Kaltwasser, *Populism*, *op. cit.*, p. 80 et suiv.

rompue, la contre-version si l'on veut, du grand dessein gaulliste : la rencontre d'un homme et d'un peuple ; un homme antisystème qui ne vient pas forcément du peuple et vise avant tout le pouvoir, mais qui n'est rien sans le soutien populaire dont il s'approprie la voix. Dans ce système, le parti joue un rôle fondamental, mais étroitement encadré ; c'est un corps très actif, très mobilisé, mais pour ainsi dire dévitalisé. Officiels et élus conservent certes une très grande marge d'action, pour autant qu'elle ne contrarie pas les « causes » présidentielles. Mais dès qu'on touche à ses priorités ou à ses marottes, qu'on irrite ses humeurs, qu'on élude ses injonctions, on se met à la merci de la tête et de la base de la pyramide. Au moindre écart, à la moindre velléité d'indépendance ou d'opposition, l'attaque vient de l'une ou de l'autre, de l'une sur ordre de l'autre. En quelques mois, le Parti républicain est devenu à la fois l'instrument et l'otage consentant de ce pacte populiste, avec ses exclus, ses martyrs, ses condamnés au silence, ses exilés de l'intérieur et, à l'autre bord, la colonne des alliés indéfectibles du président.

Comment interpréter cet attachement inconditionnel, inébranlable d'un tiers des Américains à un personnage aussi controversé, aussi étranger à leur vie ? Invoquer l'économie n'est pas d'un grand recours. La réduction massive des impôts et les mesures de dérégulation engagées par l'administration Trump n'ont bénéficié que très marginalement aux travailleurs les moins bien rémunérés dont les revenus, je l'ai dit, commençaient tout juste à augmenter légèrement avant que la crise sanitaire y mette un coup d'arrêt. Et puis, en Amérique, pas plus qu'en Europe, le populisme n'est réductible à la seule équation économique. Sur notre continent, il s'est acclimaté dans des pays relativement prospères. Ce sont plutôt l'immigration, la criminalité et, par-dessus tout, la dépossession identitaire qui lui servent de carburant, souvent alimenté par les carences de l'État – autant de thèmes que Donald Trump sut exploiter en artiste.

Le « pacte populiste » qu'il a noué avec ses partisans ressortissait à deux mouvements de fond inséparables : la polarisation idéologique et culturelle qui déchirait la société américaine bien avant que lui-même entre en scène et, par ailleurs, déjà évoquée, la haine des « élites » – politiques, économiques, universitaires – qui dépasse la division traditionnelle entre démocrates et républicains. Cette « guerre civile », dont les racines remontent aux années 1960, fait cohabiter deux sociétés qui ne se voient plus pour ainsi dire. À un pôle se trouvent ceux qui conçoivent la politique en termes de libertés économiques et de droits individuels – droits des Noirs, des minorités ethniques, des femmes, des homosexuels, des immigrés, où les Blancs non diplômés, les cols-bleus, les ruraux, la religion n'occupent guère de place : ici, l'être-ensemble national, le sentiment de communauté de destin se diluent soit dans un ultralibéralisme individualiste, soit dans un multiculturalisme baigné dans une rhétorique de la diversité qui va, on l'a vu, jusqu'à projeter rétrospectivement ses œillères sur l'histoire américaine pour en criminaliser des pans entiers. Puis, à l'autre bout, la masse disparate qui compose le trumpisme. Le mot ne désigne en effet ni une classe, ni une communauté, ni un parti constitué, ni une idéologie cohérente ; il dénote une disposition d'esprit, des peurs et des aversions partagées et une dévotion unanime, parfois passionnée, à la personne de Donald Trump, en qui ces millions de personnes voient la réponse – et la réparation – aux tribulations du pays. Le gros de ces bataillons est peuplé des oubliés de la mondialisation économique et du progressisme identitaire, qu'ils considèrent, l'un comme l'autre, comme une menace existentielle à leur culture, leurs traditions, leurs habitudes de penser, de s'exprimer, voire de nommer dans leur propre langage le monde autour d'eux ; qui se montrent réfractaires à la science et aux experts, ces bras armés des élites, de leur pouvoir de domination et de leur monopole présumé des connaissances. Cette prévention contre le savoir établi perpétue en le dénaturant un attribut de l'individualisme américain noté par Tocqueville, l'inclination naturelle à « chercher par soi-même et en soi la raison des choses » ; si bien que, « dans la plupart des opérations de l'esprit, chaque Américain n'en appelle qu'à l'effort individuel de sa raison ». Pour les « désaffiliés » de la prospérité économique et de la correction politique, la haine des élites va si je puis dire de pair avec la méfiance envers les experts[1]. S'ils embrassent le trumpisme avec tant de ferveur, c'est qu'ils trouvent un foyer, un mode de socialisation, sans doute illusoire mais tangible, personnifié par un homme qui porte leurs voix là où personne ne les aperçoit plus depuis longtemps.

Donald Trump eut l'intelligence intuitive, mais infaillible, des aspirations, des frustrations et des rancœurs éprouvées par ces millions d'Américains qui désespéraient de la politique et qu'il réussit à mobiliser en masse, à galvaniser et, pour certains, à radicaliser. Ce politicien improbable eut beau ne décliner ni les compétences ni l'expérience et moins encore les dispositions d'un homme politique classique, il possédait néanmoins un sens très sûr de ce que les gens aspiraient à entendre, une aptitude inégalée à persuader jusqu'aux plus démunis qu'il pensait comme eux et donnait voix à leur colère. Il sut, mieux que les

1. *De la démocratie en Amérique*, t. II, première partie, chapitre I. Voir également Tom Nichols, *The Death of Expertise. The Campaign Against Established Knowledge and Why it Matters*, Oxford University Press, 2017 (et ci-dessous, p. 138).

notables avertis de Washington, prendre le pouls d'une Amérique happée par une morosité nationale et des haines inexpiables, partisanes autant que culturelles. Il sentit le vent insurrectionnel qu'avaient produit les sentiments de précarité économique et de spoliation identitaire, les alarmes engendrées par l'immigration illégale qu'aucun gouvernement, démocrate ou républicain, n'a pu encadrer par une politique cohérente, l'exaspération aussi provoquée par la dictature culturelle du « wokisme », objet autrefois de querelles académiques, qui imprégnait désormais la vie nationale en transposant ses postulats dans le domaine législatif. M. Trump a surtout compris le puissant « besoin de nation » si obstinément nié, calomnié, voire criminalisé par les théoriciens progressistes. Lui sut, candidat puis président, exploiter sans fard et la question nationale et les effets dramatiques pour tant d'Américains « désaffiliés » des progrès technologiques et de l'économie globalisée : pour ceux-là, « l'Amérique d'abord » avait un sens à défaut d'évoquer un programme. Eux n'ont cure ni de ses foucades, ni des accusations de corruption qui le poursuivaient, ni de son refus obstiné de communiquer ses feuilles d'impôts comme l'exige la loi, ni de ses empressements envers les autocrates de la planète, ni des révélations sur les interférences russes dans la campagne présidentielle et pas davantage sur les gros cachets non déclarés qu'il aurait fait verser pour acheter le silence d'une star du porno et d'une explaymate. Pour ses partisans, la faiblesse morale de cet homme, ses errements, ses incartades, ses palinodies, ses infractions réelles ou supposées semblent pour ainsi dire hors sujet[1]. Dans leur esprit, l'idée de corruption renvoie

1. Voir à ce propos Peter Beinart, « Trump Has a Different Definition of Corruption », *The Atlantic*, 28 août 2016.

moins à la violation de la loi qu'à la « subversion libérale » d'un ordre des choses dont ils voient en Trump, à tort ou à raison, le défenseur presque inespéré. Car dans cette guerre civile, la sauvegarde de leur manière de vivre, de penser, de dire, de commémorer paraît autrement vitale que l'atteinte à telle loi particulière, à tel principe, ou à tel code moral.

Le charisme du personnage fait le reste. De lui, ses fervents admirateurs n'attendent ni programme ni solutions : le programme c'est lui, précisément, sa présence récréative, son narcissisme décomplexé, son culot inassouvi, sa susceptibilité extravertie, ses aversions et cette fusion passionnelle que ressentent tant de trumpistes avec quelqu'un qui leur ressemble pourtant si peu. Malgré ses dires, Trump, comme l'a noté le philosophe politique Harvey Mansfield, n'a rien d'un gentleman – que ses électeurs excusent volontiers de ne pas être[1]. Un vrai gentleman se reconnaît par la considération qu'inspire sa conduite, non par les louanges qu'il aspire à entendre. Lui préfère les applaudissements sonores à l'estime inexprimée. C'est même le non-gentleman qu'admirent en lui ses partisans, sa rugosité, sa pétulance, son franc-parler, sa manière d'assumer sans complexe une forme de virilité si mal vue à l'heure du repli de la domination masculine ; une virilité sans élévation, la forme dégradée, si l'on veut, de l'honneur aristocratique d'Ancien Régime, dont Montesquieu avait immortalisé les traits. M. Trump n'est le chevalier que de sa propre outrecuidance. Il ne cultive en effet ni l'esprit de sacrifice, ni l'oubli de soi, ni l'espoir d'une renommée lointaine dont il ne pourrait lui-même savourer l'encens.

1. Harvey C. Mansfield, « Why Donald Trump Is No Gentleman », *The Wall Street Journal*, 29 juillet 2020, et « Manhood in the Age of Trump », *ibid.*, 18 mars 2018.

Pourtant, dans l'Amérique profonde, mais pas seulement, l'espèce d'« honneur au rabais » qu'il personnifie continue à lui attacher des hommes et des femmes nullement indisposés par sa vulgarité et ses outrances. Ils reconnaissent en lui, au contraire, une expression d'authenticité, voire un modèle de ce qu'eux-mêmes seraient devenus si le destin les y portait.

★

Tel est le secret du « pacte populiste » qui attachait à ce président des millions et des millions d'Américains : le sentiment d'élever un rempart face au « complot contre l'Amérique » ; l'aspiration, illusoire mais profonde, d'assumer par association la souveraineté du peuple, de s'approprier la démocratie de concert, au sommet et à la base de l'échelle politique ; la volonté, non moins chimérique, d'arrêter en quelque sorte, ou de suspendre, le cours du temps. Il prit corps au rythme des réunions publiques, l'instrument privilégié de cette communion sans truchement avec les forces vives de son électorat. M. Trump y attachait une importance telle que, en pleine épidémie, il voulut organiser un grand rassemblement dans un stade fermé, pour faire voir, virilité toujours, que ses partisans lui étaient plus attachés qu'ils ne redoutaient le Covid-19 et montrer à ces derniers que lui aussi bravait les risques sanitaires, à la différence de « Joe l'endormi » qui s'adressait au public depuis le sous-sol de son domicile. Pendant ces réunions en plein air, complément primordial de ses messages livrés en rafales sur les réseaux sociaux, autre manière de parler directement aux siens, on écouta ce président monologuer sans fin à l'adresse de ses vastes auditoires, fervents, parfois survoltés, auxquels il n'avait à offrir ni espérance d'un monde meilleur ni dessein politique, mais une litanie des malfaisances, des obstacles, des trames, des ennemis qui ruinent l'Amérique, et la promesse d'en restaurer la grandeur par l'empire de la volonté. Il est curieux qu'une devise aussi vague – « *Make America Great Again* » – ait mobilisé autant de passions et d'énergie. La manifestation géante du 6 janvier devant la Maison-Blanche puis l'invasion du Capitole allaient en donner la pleine mesure.

III

Invaincu

De l'État de droit, Donald Trump a des notions assez floues, aussi souples que sa conception de la vérité et son souci des conventions. En affaires comme à la Maison-Blanche, il n'a pas hésité à prendre quelques libertés avec la loi, ici en la contournant légalement pendant des années pour échapper à l'impôt, là en cherchant à la fouler par des incartades plus ou moins illicites. Ainsi dans l'affaire ukrainienne qui lui valut un procès en destitution, ou encore, parmi une foule d'autres exemples, quand il méditait le projet, sans précédent constitutionnel, de repousser le scrutin présidentiel pour désamorcer les effets de la crise sanitaire sur sa popularité. Puisque les démocrates agitent le Covid pour le discréditer, il l'utilisera à son tour pour embellir ses chances électorales à leurs dépens : « Les gens ne peuvent pas se rendre aux urnes. Nous sommes dans un état d'urgence national, oui[1] ? » Son entourage se demanda si le président proférait là une de ces bravades qu'il lui arrivait souvent d'oublier dans la foulée, ou s'il y croyait tout simplement parce qu'il le voulait. Il

1. Cité par M. Wolff, *Landslide*, *op. cit.*

en fut dissuadé, non sans mal. L'élection s'est tenue en temps et en heure, le privant d'un second mandat, sans qu'il s'avoue vaincu pour autant puisqu'il en dénonçait le caractère frauduleux.

SOUS LA DÉFAITE, LA VICTOIRE

En l'occurrence, cet homme si prompt à déjouer les lois se tenait fermement sur le terrain de la légalité, convaincu de sa réélection qui aurait été détournée par ses adversaires politiques. « C'est légal parce que je le veux », avait décrété Louis XVI à la veille de la Révolution française devant la grand-chambre du parlement en lui imposant l'enregistrement d'une série d'emprunts. C'est légal parce que je le veux et parce que je le crois, aurait pu le paraphraser en écho M. Trump. Mais le croyait-il vraiment ? Était-ce, là encore, une manœuvre de fortune pour empêcher l'inévitable, ou l'expression sinon d'une connaissance avérée du moins d'une intime persuasion ? Tout concourt à reconnaître que Donald Trump pensait, qu'il pense probablement toujours, que cette élection a été déjouée par les démocrates – il le prédisait avant même qu'elle n'eût lieu, tout comme à la veille du scrutin de 2016 qu'il avait pourtant emporté. Il était habité par la certitude – en y ralliant les millions de ses partisans – que seule une manipulation programmée de l'élection pourrait le faire échouer. C'est le vote par correspondance qui l'en avait alerté. « Je l'avais dit le jour où j'ai entendu qu'ils allaient expédier par la poste des dizaines de milliers de bulletins », enrageait-il le soir de la présidentielle.

Et pourtant, il avait toujours foi en son étoile et ne pouvait imaginer qu'il pût se faire battre « par un type comme celui-là[1] ». Cet homme de soixante-quatorze ans, qui n'avait jamais utilisé un ordinateur de sa vie et ne faisait guère confiance à ses propres sondeurs, était mal équipé en effet pour digérer en temps réel le verdict des urnes. Les transports d'enthousiasme qu'il rencontrait dans ses réunions publiques à travers le pays pendant la campagne lui firent pressentir la passion de son électorat, son dévouement, sa mobilisation, qui échappaient, croyait-il, à l'arithmétique des sondeurs. Enfin, son entourage, accoutumé à ne pas contrarier ce que lui ne voulait savoir, mit beaucoup de temps, et de précautions, le soir de l'élection et les jours suivants, à le ramener au principe de réalité. Quand son gendre finit par l'aviser que les « marges » initiales en sa faveur, plutôt prometteuses, ne paraissaient plus suffisantes, autre manière de lui faire entendre qu'il était en train de perdre la partie, M. Trump n'en démordit pas, ne comprit pas. « Que voulez-vous dire par "pas assez larges" ? Comment ça s'est produit depuis la soirée électorale où j'avais l'avantage d'un million de voix [...] en Pennsylvanie ? Dites-moi comment ça se fait ? C'est parce qu'ils le volent [le scrutin]. Ils continuent de voter. D'où sont venus ces votes ? Il faut qu'on arrête de compter les voix, tout de suite ! [...] » Encore le 7 novembre, quatre jours après le scrutin, quand la victoire de son adversaire paraissait certaine, annoncée partout sur les ondes, M. Trump continuait à démentir ses conseillers : si les résultats le donnent battu, c'est qu'ils sont truqués par une manipulation systématique qui nécessite une investigation, un nouveau dépouillement, voire un retour aux urnes. « Il faut vous battre plus fort. Vous ne vous battez pas assez. Ils l'ont volée. Nous devons nous battre. » Le 23 décembre,

1. *Ibid.* (et pour les propos cités dans les pages qui suivent).

de guerre lasse, le très accommodant, jusque-là, ministre de la Justice, William Barr, abandonna la partie, comme on l'a vu, après avoir avisé crûment le président que les imputations proférées par ce dernier et ses acolytes étaient des fumisteries (*bullshit*). « Pourquoi dites-vous une chose pareille ? fulmina celui-ci. Vous devez haïr Trump. Il ne peut y avoir d'autre raison. Vous haïssez Trump[1]. » Exit Barr, pour n'avoir aperçu que du vent là où le président subodorait une machination politique de grande envergure. À son remplaçant, le président donna cette consigne : « Contentez-vous d'affirmer que le scrutin était pourri, je m'occuperai du reste. » Le reste, c'était le refus catégorique de concéder sa défaite, jusqu'au bout, et la multiplication des plaintes déposées dans la foulée, à sa demande, par des officiels républicains auprès des tribunaux et devant la Cour suprême. Elles n'allaient rien donner.

Donald Trump répète encore aujourd'hui – secondé par deux tiers des électeurs républicains[2] – s'être fait confisquer sa réélection, et le croit peut-être, malgré le chapelet des démentis qui attestent le contraire. Il y revient dans ses déclarations et à chacune de ses réunions publiques, avec son don inimitable de l'hyperbole : « Nous n'oublions pas 2020, l'élection la plus corrompue dans l'histoire de notre pays, l'élection la plus corrompue dans l'histoire de la plupart des pays... » (à Perry, Géorgie, le 25 septembre 2021). Mais cette conviction, ou présomption, d'avoir légalement raison ne l'a pas transformé pour autant en ami de

1. D'après le site Axios, cité dans l'enquête de Josh Glancy, « Trump's Last Days in Office : How a President Unravelled », *The Times*, 7 février 2021.

2. D'après un sondage de CNN réalisé en septembre 2021, 68 % des électeurs ou sympathisants républicains estiment que la démocratie américaine est menacée, avec les deux tiers d'entre eux se disant convaincus que M. Biden n'a pas emporté l'élection présidentielle.

la légalité. Il ne vit aucun inconvénient à presser le secrétaire d'État (républicain) de Géorgie de dénicher 11 780 voix qui lui eussent permis de dépasser le score de M. Biden. L'idée qu'il ne devait perdre, qu'il ne pouvait perdre, mit au jour, comme le confie un de ses biographes, les instincts jusqu'au-boutistes dont il usait régulièrement en affaires comme en politique, toujours prêt, dans une confrontation, à aller plus loin que l'autre, aussi loin que nécessaire, en violant la loi si besoin, sans jamais renoncer, sans rien concéder[1]. Sans doute n'a-t-il pas mesuré sur le moment les conséquences désastreuses des dizaines d'actions en justice engagées sous son impulsion à travers le pays pour découvrir les traces d'une fraude introuvable : elles ont miné la confiance publique dans la fiabilité, et la probité, des procédures électorales. Et, sans doute aussi, n'en avait-il cure. Pour lui, reconnaître sa défaite valait un aveu de faiblesse qui lui était, littéralement, insupportable.

Son ultime espoir maintenant, en attendant la manifestation du 6 janvier, reposait sur son loyal, jusque-là, et invariablement docile vice-président, Mike Pence. À maintes reprises et au rythme d'interminables monologues, il s'obstina à convaincre celui-ci d'user de son autorité au cours de la séance de certification au Congrès, que M. Pence allait présider, pour annuler les résultats de l'élection. Il y revint encore au cours de leur entrevue en tête à tête le 5 janvier :

« Vous voulez faire ce qui est juste (*the right thing*) ?

— Je voudrais beaucoup faire ce qui est juste.

— C'est tout ce que je veux voir faire[2]. »

1. Michael D'Antonio, auteur de *Never Enough : Donald Trump and the Pursuit of Success*, New York, St. Martin's Press, 2015, cité *ibid.*

2. M. Wolff, *Landslide*, *op. cit.*

M. Trump était convaincu, en tout cas paraissait l'être, que le vice-président avait toute latitude légale à faire ce que ni la Constitution ni aucun précédent n'ont jamais consenti. M. Pence, lui, eut beau compatir en écoutant le président étaler la litanie de ses frustrations – elles étaient en partie aussi les siennes après tout – et peut-être partager ses doutes sur certains résultats, il mesurait la portée de l'infraction constitutionnelle que M. Trump s'était résolu à lui faire commettre. Tel fut l'avis unanime des experts en droit qu'il avait sollicités : le vice-président n'a pas autorité à interférer dans le vote du collège électoral, encore moins à le disputer. Pour la première fois depuis quatre ans, M. Pence s'interdit d'obtempérer. Mais M. Trump n'entendait pas en rester là. Peu après, prenant le contre-pied de son vice-président, il rendit public un communiqué déclarant que les deux hommes s'accordaient « totalement » sur le droit du vice-président à agir au cours de la séance de confirmation des résultats – une procédure, jusque-là, essentiellement protocolaire. Peut-être, misant sur le concours de certains élus et des milliers de ses partisans qui commençaient à converger vers la capitale, croyait-il encore pouvoir conjurer l'inévitable.

La bataille postélectorale, ruineuse et vaine, dans laquelle il entraîna le Parti républicain et une armée d'élus et de juristes obéissait plus à ses impulsions familières qu'à une conception élevée de la justice, ou au bon sens politique et à la moindre analyse rationnelle de ses chances d'aboutir. Dans cette dérive politico-procédurière, il se laissa entraîner par une équipe échevelée de pieds nickelés, plus ou moins agrégés autour de l'ancien maire de New York, Rudolph Giuliani, héros du 11-Septembre devenu sur le déclin un bateleur politique d'une faconde intarissable qui jurait avec son incompétence avérée en matière de droit constitutionnel. Point de stratégie cohérente, ici, ni coordination ni adresse : la seule qualification reconnaissable de ces justiciers bénévoles était l'ardeur à répéter au président ce qu'il voulait entendre et à poursuivre coûte que coûte la campagne pour « arrêter le vol ». Suivit un torrent d'allégations extravagantes répandues sur les ondes et les réseaux sociaux pour alimenter le doute : des centaines de morts auraient voté au Nevada ; en Géorgie, dixit Giuliani, des logiciels de vote électronique ont transformé des milliers de voix Trump en voix Biden ; en Pennsylvanie, des scrutateurs auraient projeté d'antidater des bulletins arrivés trop tard pour les comptabiliser en faveur du candidat démocrate ; les Chinois ont piraté le système électoral ; George Soros a déboursé une fortune pour financer la fraude ; Hugo Chavez avait fait truquer les machines électorales dans le cadre d'un vaste complot pour faire infiltrer le communisme en Amérique…

CONTRE-PORTRAIT DU « LOSER »

Cette détermination à ne jamais céder renvoie à d'autres traits familiers de Donald Trump. L'un, déjà évoqué, est l'espèce de cécité morale qui nourrit son indifférence au mode de production de la vérité : est vrai ce qu'il croit l'être au moment où il le croit et non ce que les faits, ou les lois, ou les experts, font valoir comme véridique ou vraisemblable. L'autre renvoie au sentiment intime, obsessionnel, qui gouverne son rapport au monde : à savoir l'assimilation de toute marque de faiblesse à une forme d'ignominie irrémissible. Et la plus ignominieuse des faiblesses – c'est le déterminant qui le dépeint sans doute le mieux – est l'échec, sous quelque forme que ce soit. Cette hantise de perdre n'est pas étrangère à l'emploi si fréquent que fait Donald Trump du mot « loser », épithète infamante entre toutes, à ses yeux, « sa principale arme d'attaque », confie l'un de ses anciens collaborateurs, l'insulte définitive dont on ne compte plus les victimes, adversaires politiques, ex-collaborateurs, gouverneurs indociles et jusqu'aux soldats américains qui avaient l'indélicatesse de mourir au combat, « losers et jobards » tout à la fois, aurait-il décrété – sa phobie pour l'échec allait jusqu'à demander que les vétérans handicapés, autre genre de losers, ne se montrent pas dans les parades militaires[1].

Cette figure du loser se décline souvent dans ses discours comme la négation abjecte du portrait viril qu'il se donne de lui-même. Ce n'est pas tant l'échec que le stigmate de l'échec qu'il répugne à voir accolé à son personnage. La pire chose au monde est d'apparaître au grand jour surclassé, ou relégué. Trump n'hésitait pas à traîner devant les tribunaux ceux qui osaient ternir son image de vainqueur, tel un journaliste à qui il réclamait pas moins de cinq milliards de dollars de dommages et intérêts pour avoir eu le front de prétendre que sa fortune ne dépassait guère deux cent cinquante millions de dollars, donc qu'il était un faux milliardaire. Il sera débouté. D'ailleurs, ses plus grands succès, il ne les avait pas connus en affaires mais dans le monde alternatif de la téléréalité. « Je gagne, je gagne, je gagne, à la fin je gagne toujours », expliquait à son biographe cet homme qui connut pourtant plusieurs faillites ; c'est que chaque fois il réussit à esquiver l'indignité attachée à ses tribulations, financières ou autres, en

1. D'après plusieurs sources citées par Jeffrey Goldberg, « Trump : Americans who Died in War Are "Losers" and "Suckers" », *The Atlantic*, 3 septembre 2020.

projetant de lui une image invincible. « Je n'ai jamais connu d'échecs parce que je les ai toujours tournés en succès[1]. » Ou tout simplement évités. Depuis longtemps il contemplait une candidature à la Maison-Blanche, déjà en 1988 (il expliquait alors qu'Oprah Winfrey ferait une colistière idéale...) et encore en 2012 contre le président Obama, candidat à sa propre réélection, avant d'y renoncer : non seulement parce qu'il ne s'estimait pas en mesure de l'emporter, mais encore parce qu'il ne pouvait concevoir un argument « gagnant » propre à expliquer un éventuel échec, l'allégation de fraude n'ayant pas assez servi à l'époque – et lui-même étant trop novice sur la scène publique – pour accréditer le portrait d'un vainqueur orphelin de sa victoire par une conspiration électorale.

Le monde de Donald Trump, explique son ex-avocat et homme de basses œuvres, est structuré par cette distinction binaire entre *winners* et *losers*, non pas à proprement parler, mais selon qu'ils savent ou non placarder les signes extérieurs, les artifices flatteurs, de la réussite et de la puissance même quand ils échouent : « La réalité est secondaire, tout est affaire de perception[2]. » Pour Trump, en effet, un loser n'est pas forcément un homme qui aura failli ou subi un échec déshonorant, mais celui qui s'expose à en endosser les apparences. Dans cette logique de parade, John McCain méritait, si je puis dire, la flétrissure que M. Trump attachait dans une réunion publique à son passé militaire. Le propos fit scandale autant qu'il suscita l'incompréhension. Pendant la guerre du Vietnam, celui qui allait devenir un sénateur très influent était pilote de chasse

1. Extraits d'entretiens avec Michael D'Antonio en 2014, cités par le *New York Times* (25 octobre 2016).

2. Michael Cohen, cité par Dan Barry, « "Loser" : How Lifelong Fear Bookended Trump's Presidency », *The New York Times*, 6 janvier 2021.

de la marine, dont l'avion fut abattu par les tirs antiaériens de Hanoï. Emprisonné et torturé régulièrement pendant les cinq années de sa captivité pour avoir refusé d'agréer à ses geôliers, il acquit le statut d'un héros national, fêté, décoré, donné en exemple. Pour Donald Trump, qui avait, sur la foi d'une attestation d'un podologue bienveillant, échappé à la conscription pour cause d'un orteil supposément malformé, McCain n'en était pas moins un loser du fait précisément de son infortune : « J'aime les gens qui ne se font pas prendre. » Le mot, sans doute candide, exprime plus que n'exhale son aplomb provocateur. Il donne à comprendre l'idée que se fait justement son auteur du succès, de l'échec et de l'honneur. Dans cette religion toute personnelle de la renommée, la vraie gloire, la seule, est celle que procurent les signes extérieurs du succès, fût-il déshonorant. Se faire capturer, en revanche, même héroïquement, et torturer de surcroît n'en est pas moins une indignité, le propre d'un loser précisément. Ce sens alternatif de l'honneur, où tout est affaire de perception effectivement, où perdre la face est pire que perdre tout court, ne pouvait résister indéfiniment à tout échec, surtout à un échec aux urnes d'ampleur nationale.

M. Trump se croyait-il aussi invulnérable que ne voulaient le faire accroire ses rodomontades publiques ? Son extrême susceptibilité et ses préventions conspiratoires invitent à nourrir quelques doutes. Les révélations sur ses faillites, sur son statut de « petit milliardaire » à l'opulence plus modeste qu'il ne voulait le faire admettre lui étaient déjà insupportables. Mais c'était peu en regard d'une défaite électorale chiffrée, comptabilisée et étalée au grand jour, face à un adversaire reconnaissable qu'il méprisait : échec et déshonneur tout à la fois, relayés, qui plus est, à travers la planète. Il s'accrochait d'autant plus à la thèse de l'élection volée qu'elle lui permettait de tenir à distance le spectre honni du loser et de préserver intacte, à ses yeux tout au moins, et des siens, l'image plus vivable du vainqueur spolié de ses lauriers par une sombre machination. Lui n'a jamais perdu. Il a même gagné. Dans son monde à lui, l'honneur était sauf, ou peu s'en faut.

Et c'est peu de dire qu'il n'entendait pas laisser un improbable loser lui enlever sa victoire, quoi qu'il en coûte. Le vice-président ayant déserté la partie, il restait en dernier ressort à M. Trump, toujours décidé à aller jusqu'au bout, à s'en remettre à la mobilisation populaire pour faire pression et sur M. Pence et sur le Congrès afin qu'ils diffèrent la validation de la victoire du candidat démocrate. La « Marche pour sauver l'Amérique » à laquelle il convia ses partisans à Washington pour le 6 janvier, jour de la réunion du collège électoral au Capitole, lui offrait l'ultime occasion de prolonger par d'autres moyens une bataille légale vaine et de tenter une dernière fois de conjurer l'inéluctable validation de sa défaite, peut-être sans y croire trop, mais sans la moindre intention de renoncer. « J'y serai, promit-il sur Twitter. Journée historique. » Malgré son humeur morose, il devait se réjouir de voir une foule aussi nombreuse converger vers le parc de l'Ellipse, au sud de la Maison-Blanche, où il allait donner sa version des choses avant de l'inciter à marcher vers le Capitole.

C'est alors qu'une dispute électorale sans précédent allait dégénérer en scènes de guerre contre la démocratie.

IV

Guerre d'opinions

Le lendemain de la prise d'assaut du Capitole, des élus démocrates et certains commentateurs n'hésitaient pas à la qualifier de putsch, ou de coup d'État (et d'autres, plus tard, d'acte terroriste, l'équivalent domestique des attentats du 11-Septembre, rien de moins). C'était faire trop d'honneur à l'événement, en détournant le sens et du mot et de la chose. Ils n'étaient pas les seuls. Dans les semaines agitées qui avaient précédé l'émeute, la crainte d'un coup d'État fomenté « d'en haut » avait traversé l'esprit du chef d'état-major des armées, Mark Milley, et provoqué, apparemment, les vives appréhensions de la directrice de la CIA, Gina Haspel, qui aurait confié à ce dernier : « Nous allons droit vers un coup d'État de droite. Tout ceci est de la folie. [Trump] se conduit comme un enfant enragé de six ans[1]. » Les agissements partisans du président après l'annonce de sa défaite, sa décision notamment de nommer à des postes militaires clés des médiocres qui lui étaient dévoués alarmaient le général Milley au point de redouter, dans le

1. Bob Woodward et Robert Costa, *Peril*, New York, Simon and Schuster, 2021 (citation sujette à caution puisque les auteurs ne donnent aucune source).

cas d'une crise majeure, que M. Trump en profite pour y mêler l'armée. La situation lui rappelait de sombres précédents. « C'est un moment Reichstag » (*a Reichstag moment*), aurait-il confié, allant jusqu'à évoquer le fantôme de Hitler. On le sait, l'incendie criminel qui détruisit le 27 février 1933 le palais du Reichstag, siège du Parlement, fut exploité par le régime hitlérien pour suspendre les libertés civiles et politiques et lancer une campagne de répression contre les communistes. Milley demeurait confiant, cependant, persuadé qu'un putsch présidentiel n'avait aucune chance d'aboutir : « On ne peut le mener à bien sans les militaires. On ne peut le faire sans la CIA et le FBI. Nous sommes les gars qui ont les armes [*we are the guys who have the guns*][1]. » Là-dessus, le général voyait juste, mais avec ses craintes d'un coup d'État – pour ne rien dire de ses comparaisons historiques – il se méprenait là encore sur le mot autant que sur la chose. Du reste, lui-même a sans doute malmené la légalité en promettant à la présidente de la Chambre des représentants et à d'autres officiels de faire avorter toute action qu'il jugerait illicite du commandant en chef qu'était le président des États-Unis, son propre supérieur hiérarchique. Ce n'était pas un coup d'État à proprement parler, mais une entorse avérée à la Constitution, que le général Milley était résolu à défendre sans faiblesse[2].

DES FAITS AU DROIT

L'eût-il envisagé, M. Trump n'avait à sa disposition ni l'entourage approprié, ni la structure, ni les réseaux, ni la

1. Cité par C. Leonnig et Ph. Rucker, *I Alone Can Fix It*, *op. cit.*
2. B. Woodward et R. Costa, *Peril*, *op. cit.*

logistique et encore moins le savoir-faire – privé de surcroît, effectivement, de l'appui de l'armée et des renseignements nécessaires – pour hasarder le début du commencement d'un putsch présidentiel. Les seuls bataillons à sa dévotion étaient l'essaim hétéroclite de ses partisans, dotés certes d'un pouvoir de nuisance redoutable, mais impuissants à ébranler les fondations de la République américaine. L'acte de rébellion du 6 janvier était d'autant plus grave, on l'a dit et répété, qu'il attaquait la démocratie en visant à abroger par la force le choix national du prochain titulaire du pouvoir exécutif. C'est un événement considérable, certes, mais qui n'a rien d'un coup d'État. Cette notion a voyagé dans les siècles avant de trouver le sens qu'on lui prête communément aujourd'hui. Ses premiers penseurs dans la France de Richelieu – Guez de Balzac et surtout Gabriel Naudé – l'enfermaient pour ainsi dire dans son acception littérale : une mesure d'exception engagée par le souverain en vue du bien public, une action salutaire, donc œuvre de l'autorité légale, qui s'affranchit pour un temps de la légalité et de tout impératif moral, mais au bénéfice de tous. À ce titre, le coup d'État est le bras armé de la raison d'État. Ce caractère positif, en tout cas constructif, est attesté par les dictionnaires : « Coup d'Estat, c'est-à-dire qui est utile au bien de l'Estat » (*Dictionnaire de l'Académie française*, 1694). C'est avec la Révolution française qu'il acquiert le sens péjoratif qui s'y attache depuis, et les dictionnaires mettront plus d'un demi-siècle à le naturaliser définitivement : action de force menée par une fraction des autorités établies, ou par des militaires, pour renverser le gouvernement légal et s'emparer du pouvoir, avec ou sans l'appui populaire.

Les procureurs de la Chambre des représentants des États-Unis, pressentis pour instruire le procès en destitution de Donald Trump, se gardèrent à juste raison d'évoquer la charge de coup d'État. Ils retinrent plutôt le chef d'accusation d'incitation à l'insurrection. Les dires des émeutiers eux-mêmes paraissaient éloquents à cet égard. À l'Ellipse, pendant que M. Trump tenait son long discours, on entendait des voix crier « Il faut prendre le Capitole », « Attaquez le Capitole », « Il faut investir le bâtiment du Capitole », « Se battre », « se battre furieusement » (*fight like hell*). Sur les lieux, aux policiers qui tentaient vainement de les bloquer, des intrus déclaraient « c'est Trump qui nous envoie. Personne d'autre[1] ». Dans une vidéo projetée pendant le procès, on voit même l'un d'entre eux installé dans un bureau le téléphone en main pour, dit-il en riant, informer le président de la prise des lieux. Parmi les dépositions recueillies plus tard par les enquêteurs du FBI, un habitant du Kentucky explique avoir marché sur le Congrès « parce que Président Trump avait dit de le faire » ; une femme d'affaires californienne, qu'elle se croyait sollicitée par le président « de partir à Washington contester les résultats des élections, qu'elle estimait frauduleux » ; un vétéran de la marine venu de l'Arizona, qu'on voyait dans l'enceinte du Congrès harnaché en viking, qu'il y était, « avec d'autres patriotes », à la demande du président ; une résidente du Texas, qu'elle pénétrait dans la Rotonde « parce qu'il avait dit "soyez-là !", alors j'y suis allée pour répondre à son appel[2] ». Au cours du procès au Sénat, qui faisait revivre toute la férocité de l'épisode avec des documents, des images et des témoignages inédits, on entendait tel émeutier affirmer en direct du Capitole : « Notre

1. Témoignage du sergent Aquilino Gonell devant la Commission spéciale de la Chambre (27 juillet 2021).

2. R. A. Pape et K. Ruby, « The Face of American Insurrection », étude citée.

président nous veut ici, nous attendons ses ordres » ; tel autre lançant à un policier qui tentait de le retenir : « Nous écoutons Trump, ton boss » ; tel autre, après l'appel au calme lancé par M. Biden : « Est-ce qu'il ne comprend pas que le président Trump nous a enjoint de monter le siège ici ? » Pour Liz Cheney, la très conservatrice représentante du Wyoming, fille de l'ancien vice-président de George W. Bush, l'un des rares élus républicains (dix au total) à avoir voté avec les démocrates la mise en accusation de M. Trump, aucun doute n'était permis : « Le président des États-Unis a convoqué cette foule [...]. Tout ce qui a suivi était de son fait. Rien de tout cela ne serait arrivé sans lui. Le président aurait pu intervenir immédiatement et de façon décisive pour faire cesser la violence. Il ne l'a pas fait. Il n'y a jamais eu de plus grande trahison pour un président des États-Unis de sa fonction et de son serment à la Constitution. »

Avant de se prononcer sur une charge aussi grave que l'incitation à l'insurrection, pour ne rien dire de la trahison, il faut commencer par faire la distinction entre les faits incriminés et leur statut légal au regard du droit, de la Constitution, qui sont seuls habilités à les qualifier.

DES PAROLES ARMÉES

Les faits paraissent indiscutables et sans appel. M. Trump lui-même en fournit une foule d'illustrations, via Twitter ou autrement, pendant les semaines qui suivent sa défaite. Mais c'est au contact direct de ses fidèles que la question de l'incitation peut le mieux s'éclaircir, le 6 janvier précisément, au parc de l'Ellipse, juste avant la marche vers le Capitole, dans le discours-fleuve qu'il prononce sans notes, déployant son aptitude phénoménale à parler aux siens « à hauteur des yeux », comme dans une conversation privée. Moment fascinant, où l'on observe en direct et sans filtre ce personnage hors norme communier à ciel ouvert avec cette foule considérable, en prescrivant l'ordre du jour de la guerre des principes qu'ils livrent en commun.

C'est la manière, d'abord, qui en impose. Certes, comme toujours, entre deux apostrophes et des avanies soigneusement ciblées, il y a toujours place pour un coup d'autocélébration, un petit plaisir auquel il ne peut résister : « Il y a deux mois, nous avons eu une foule énorme venue ici à Washington. J'ai dit : "Qu'est-ce qu'ils viennent faire ici ? — Monsieur, ils sont là pour vous"[1]. » Mais en l'occurrence, ce « moi présidentiel » n'est pas seul. Il se confond de bout en bout avec l'appel répété à un « nous » qui unifie ses partisans, si je puis dire, en sa seule personne et les distingue du coup de tous les « eux » qui sont unifiés à leur tour – Biden, les démocrates, la *cancel culture*, les médias « déclinants » honnis, Twitter, les confectionneurs de *fake news*, les conjurateurs... ; procédé éprouvé que Donald Trump maîtrise comme personne pour incorporer ses auditeurs à sa cause, qui est la leur : à travers lui, c'est eux qui parlent, protestent, réclament d'une seule voix contre une iniquité électorale et autres vilénies dont ils sont tous victimes au même titre que lui. « Nous ne renoncerons jamais, nous ne concéderons jamais [...]. Notre pays en a assez, nous n'en pouvons plus, voilà de quoi il s'agit. » « Nous sommes réunis au cœur de la capitale de notre nation pour une raison très, très simple : sauver notre démocratie. » « Avec

1. Cette citation et les suivantes sont tirées du texte intégral de l'allocution du 6 janvier, reproduit par *The Associated Press* (ma traduction).

vous, ces quatre dernières années, nous avons construit le plus grand mouvement politique de l'histoire de notre pays, et personne n'ose le contester. » Ce « nous » est unifié également, en miroir, par les paroles et les actes des autres, et d'abord du président élu : « Avez-vous entendu l'autre jour Joe Biden dire qu'il veut se débarrasser de la politique de l'Amérique d'abord ? Qu'est-ce que ça veut dire ? [...] Incroyable, ce qu'il nous faut endurer. Ce qu'il nous faut endurer. Vous devez réunir vos hommes pour combattre. Et s'ils ne combattent pas, nous devrons arracher l'enfer de ceux qui refusent de combattre. » Ce « nous » fusionnel dans la protestation est cimenté encore par les nombreuses réalisations accomplies par ce président, les siennes étant indistinctement les leurs : « Nous avons créé une force spatiale. Nous, nous, nous. Regardez tout ce que nous avons fait. Notre puissance militaire a été totalement restaurée [...]. Nous avons réalisé des choses que personne n'a jamais crues possibles. » Et l'œuvre ne fait que commencer, mais elle se heurte à des obstacles, des réticences, des velléités et des faiblesses qu'il faut vaincre. Trump vise avant tout les élites politiques, un trope usé jusqu'à la corde mais accordé ici à l'épreuve du moment : la fraude électorale que le Congrès s'apprête à certifier. « Ensemble, nous allons sécher le marécage de Washington et nous allons purger la corruption au sein de la capitale de notre nation. Nous avons fait déjà un grand travail là-dessus, mais croyez-vous que ce soit facile ? C'est une sale affaire. »

Autre cible de choix, les responsables du Parti républicain, qui rechignent à dénoncer le vol : des faibles dont il faudra se débarrasser. S'ils continuent à donner de la voix, « ce sera la fin du Parti républicain. Mais ce ne sera pas la fin de nous. Laissons-les partir, laissons les faibles partir. Ce moment doit être celui de la force ». En attendant, l'heure est à la protestation qui vaut démonstration d'énergie et de volonté : « Nous allons marcher et je serai là avec vous [il ne le sera pas], nous allons marcher ensemble, marcher ensemble [...]. Nous allons marcher au Capitole et nous allons acclamer nos vaillants sénateurs et représentants, et nous n'allons probablement pas beaucoup acclamer certains d'entre eux [...]. Vous allez vous rendre au siège du Capitole pour faire entendre votre voix paisiblement et patriotiquement. »

Et de marteler en guise de conclusion qui n'en finit pas : « Ne vous trompez pas, cette élection a été volée à vous, à moi, au pays [...]. Enfin, je dis, je pouvais continuer encore et encore à propos de cette fraude qui s'est produite dans chaque État [...]. Je ne veux pas continuer parce que je vous aime et il fait glacial dehors. Mais je pouvais continuer à l'infini, je peux vous le dire [des cris : "On t'aime, on t'aime"]. » Il continuera encore un bon quart d'heure avant de conclure cette fois pour de bon : « Nous avons la vérité et la justice à nos côtés. Nous éprouvons dans nos cœurs un amour profond et inaltérable pour l'Amérique [...]. Nous avons une grande fierté de ce grand pays et nous l'avons jusqu'au fond de notre âme. Ensemble, nous sommes déterminés à défendre et à préserver le gouvernement du peuple, par le peuple et pour le peuple. Nos jours les plus brillants sont devant nous [...]. Alors nous allons marcher le long de la Pennsylvania Avenue. J'adore Pennsylvania Avenue. Et nous allons au Capitole [...]. Nous allons essayer d'apporter notre message à nos [élus] républicains, les faibles parmi eux, parce que les forts n'ont pas besoin de notre secours. Nous allons essayer de leur donner le genre de fierté et d'audace dont ils ont besoin pour nous rendre notre pays. Marchons le long de Pennsylvania Avenue. Je veux vous remercier tous. Dieu vous bénisse. Dieu bénisse l'Amérique [...]. »

De cette interminable allocution, régulièrement interrompue par des ovations, des huées et des appels à l'action, les auditeurs ont retenu l'injonction de ne jamais céder, de recouvrer le pays sans faillir et de sauver la démocratie en empêchant le Congrès de légaliser une vaste conspiration contre le vœu national. Il faut être sourd, ou insolemment partial, pour en disconvenir. Le président, certes, n'en a pas précisé les moyens et la manière, si ce n'est l'appel répété à se rendre au Capitole et l'usage de l'intimidation à l'endroit de tous les « maillons faibles » du Parti républicain, qui ont besoin d'encouragement un peu musclé pour déjouer le complot contre l'Amérique. Et là, M. Trump n'hésite pas à égrener une litanie de noms (outre celui de son adversaire : « Joe, t'es viré, dégage d'ici »), qui se déclinent comme autant de cibles désignées à la fureur de la foule, Liz Cheney, déjà citée, dont il faut se débarrasser, tout comme Mitt Romney, autre « renégat » qui votera également sa destitution, Brian Kemp, gouverneur de l'État de Géorgie, « l'un des gouverneurs les plus bêtes des États-Unis », et son secrétaire d'État, improvisés du jour au lendemain l'un et l'autre en ennemis, on l'a vu, pour n'avoir pas consenti à dénicher les quelques milliers de voix qui manquaient au président pour emporter l'État. Enfin et surtout Mike Pence, le vice-président, son dernier espoir de démentir l'inévitable. Ayant échoué en privé à convaincre ce dernier de forcer un nouveau scrutin, M. Trump intensifie ses pressions en public, prenant la foule à témoin à coups de faussetés et d'invraisemblances. « Si Mike Pence fait ce qui s'impose, nous gagnons l'élection [...] : il a absolument le droit de le faire [...]. Les États veulent qu'on vote à nouveau [...]. Ils ont obtenu de fausses informations. Ils ont voté là-dessus, maintenant ils veulent rectifier [...]. En fait, je viens de parler à Mike. J'ai dit : "Mike, cela n'exige pas du courage. Ce qui exige du courage c'est ne rien faire." » Autre manière bien à lui de menacer le rétif vice-président et de l'avertir qu'à défaut d'obtempérer il manquera à la volonté populaire, aux vœux des États, à la Constitution et pour finir à son honneur. Trump y reviendra constamment, sur le ton de l'exhortation ou de la menace. « Et Mike Pence va devoir le faire pour nous, et s'il ne le fait pas ce sera un jour sombre pour notre pays, parce que vous prêtez le serment de préserver la Constitution. » Et plus loin, plus comminatoire : « C'est là, c'est bien là [au Congrès] que nous allons voir un événement en train de se produire. Et je vais le regarder. Parce que là l'histoire va se faire. Nous allons voir si nous avons, ou non, des dirigeants grands et courageux, ou si nous avons des dirigeants qui devraient traîner leur indignité à travers l'histoire, qui seront indignes pour l'éternité. Et vous savez quoi ? S'ils prennent la mauvaise décision, nous ne devons jamais, plus jamais, oublier ce qu'ils ont fait. Jamais oublier. » Et plus loin : en Pennsylvanie, « on veut rectifier le vote », à défaut de quoi, prévient-il, « vous aurez un président illégitime, voilà ce que vous aurez. Et nous ne pouvons le laisser arriver ». Et à nouveau, s'adressant directement à son vice-président : « J'espère que vous saurez vous élever pour respecter notre Constitution et pour le bien de notre pays. Sinon, je serai très déçu par vous. Je vous le dis carrément. Ce qu'on me rapporte n'est pas bon. »

*

M. Trump n'a sans doute pas imaginé, ni peut-être voulu, le drame qui allait s'ensuivre. Mais comment s'étonner que ses sombres harangues sur le complot contre la Constitution et la trahison du vœu populaire aient mis le feu aux poudres ? Que tant d'émeutiers aient pensé que la démocratie américaine allait expirer le 6 janvier si rien d'énergique n'était entrepris pour l'empêcher ? Qu'ils aient cru la sauver, sur ordre du président, en la piétinant ? Que, devant le Capitole, un échafaud ait été dressé au rythme des appels à « pendre Mike Pence » ? Quant à l'argument des défenseurs du président posant que l'insurrection avait été conçue bien avant qu'il ne s'adresse à la foule, il tend plutôt à l'incriminer encore davantage. La conduite de M. Trump, de retour à son bureau, paraît elle aussi déconcertante. Installé devant son téléviseur et informé régulièrement des violences qui dégénèrent à quelques centaines de mètres de là, il attendra plus que de raison avant de réagir. Quand le très déférent président des élus républicains à la Chambre, Kevin McCarthy, le supplie au téléphone depuis le Capitole d'appeler les insurgés à se disperser, le président, plutôt enjoué, lui répond : « Eh bien, Kevin, ces gens-là ont l'air plus mécontents de cette élection que vous ne l'êtes[1]. » Il ne réagit pas davantage en apprenant que le vice-président se trouvait en danger, avant de se raviser, sur le tard... « Il ne fait aucun doute, aucun, que le président est responsable concrètement et moralement d'avoir provoqué les événements ce jour-là », dira devant le Sénat le président de la minorité républicaine, Mitch McConnell, qui votera néanmoins l'acquittement à son procès. Responsable mais pas coupable ? On accusera McConnell d'incohérence, ce qui prête à discussion, tant la démarcation entre les faits et le droit paraît en l'occurrence indécise.

1. D'après le témoignage d'une élue républicaine de la Chambre, Jaime Herrera Beutler, présente au cours de ces échanges.

Les faits parlent d'eux-mêmes : les déclamations toxiques, les faussetés, les sommations, les insultes, les calomnies proférées sans discontinuer pendant des mois réunirent les conditions qui devaient aboutir à l'explosion. Elles furent citées, débattues sans fin et jugées devant le tribunal de l'opinion. Mais il n'appartient qu'au droit, je le répète, d'en déterminer le caractère au regard de la loi ; et il se trouve que la qualification juridique de l'incitation à la violence – « l'incitation à l'insurrection », dit l'acte d'accusation – est une question singulièrement épineuse.

L'ESPRIT DES LOIS ET LA RAISON PARTISANE

Pour les neuf procureurs démocrates de la Chambre des représentants, les choses paraissaient simples et claires : « Il est impossible d'imaginer que les événements du 6 janvier se soient produits sans que le président ait créé une poudrière, allumé une mèche puis cherché à tirer personnellement profit du chaos qui s'ensuivit. » Le procès dura en tout cinq jours, du 9 au 13 février, et son dénouement ne faisait illusion pour personne. Il eût fallu, pour prononcer la culpabilité de l'ex-président – elle doit être acquise à la majorité des deux tiers des cent sénateurs –, qu'au moins dix-sept élus républicains se joignent aux cinquante démocrates qui votaient la destitution comme un seul homme. Sept seulement franchirent le pas à leurs risques et périls. Mais l'intérêt de cet épilogue judiciaire sans portée vient, là encore, des éclairages qu'il projette sur le rapport des Américains à deux piliers de leur tradition politique : l'étendue de l'immunité présidentielle, les bornes légales de la liberté d'expression.

L'expérience passée – comme le procès de Donald

Trump – montre assez qu'il n'existe pas de doctrine cohérente de l'*Impeachment*. À l'époque où les Fondateurs imaginaient cette procédure, la fonction présidentielle était une nouveauté absolue ; personne ne savait au juste comment la dynamique des institutions allait la modeler. En l'inscrivant dans la Constitution, ils entendaient réconcilier deux nécessités distinctes mais complémentaires : créer un pouvoir exécutif indépendant ; empêcher cependant son titulaire d'abuser de sa prérogative et de violer la confiance publique. D'ailleurs, même Alexander Hamilton, l'avocat le plus éloquent d'un pouvoir exécutif fort, ne croyait pas qu'un homme de mauvais principes fût susceptible d'accéder à la magistrature suprême. Un individu doué « pour les basses intrigues et l'art de la popularité » peut, à la rigueur, emporter une charge élective dans les États. Mais la fonction présidentielle requiert des mérites autrement élevés pour qu'il parvienne à gagner la confiance et l'estime à travers l'Union. « Il existe donc une forte probabilité de voir cette place occupée par des hommes signalés pour leurs facultés et leurs vertus éminentes[1]. » On ne peut dire que l'histoire lui ait toujours donné raison. Hamilton n'a pu présager le phénomène Trump parce qu'il n'imaginait pas le décloisonnement, la « nationalisation », de la démocratie américaine dès les années 1790 avec l'émergence des partis, qui allaient ouvrir une riche carrière à « l'art de la popularité » et, parfois, aux « basses intrigues ».

À défaut de tout imaginer, les Fondateurs conçurent donc un mécanisme qui permettait de révoquer un président quand les circonstances le réclamaient : s'il abusait de son pouvoir, succombait à la corruption, se rendait cou-

1. *Le Fédéraliste*, n° 68 (Hamilton).

pable de trahison ou de « crimes et délits majeurs », qu'ils se gardaient de définir précisément[1]. Ces termes visaient non pas une violation caractérisée de telle ou telle loi, mais d'actes censés mettre l'État et la Constitution en péril, qu'il revenait à la Chambre des représentants de qualifier et au Sénat de juger ; cependant que la majorité requise des deux tiers pour passer condamnation devait assurer que le recours à l'*Impeachment* demeure exceptionnel[2]. Comme le suggère un grand juriste du XIXe siècle, Joseph Story, les Fondateurs eux-mêmes pensaient que la qualification des offenses passibles de destitution devait forcément évoluer avec le temps, à la manière de la Common Law, et qu'il était donc impossible, même vain, de dresser un tableau exhaustif de telles offenses : « Ce qui constitue et ce qui ne constitue pas "un crime et délit majeur" devrait être établi par le recours au grand recueil de la jurisprudence américaine[3]. »

Depuis l'adoption de la Constitution de 1787, aucun président en exercice n'a été destitué. Richard Nixon y échappa en donnant à temps sa démission. En 1998, une majorité de la Chambre des représentants vota la mise en accusation de Bill Clinton pour « parjure » et « obstruction à la justice », avant que le Sénat prononce son acquittement. M. Clinton avait abondamment menti, y compris sous serment, au sujet de ses relations avec une stagiaire

1. *The Constitution of the United States*, art. II, section 4 : « The President, Vice President and all civil Officers of the United States, shall be removed from Office on Impeachment for, and conviction of, Treason, Bribery, or other high Crimes and Misdemeanors. »

2. Jack N. Rakove, *Original Meanings. Politics and Ideas in the Making of the Constitution*, New York, Alfred A. Knopf, 1997, chapitre IX : « Creating the Presidency ».

3. Joseph Story, *Commentaries on the Constitution of the United States*, Boston, 1833, p. 288.

à la Maison-Blanche ; seulement ses mensonges ne relevaient pas des délits passibles d'une révocation. Les raisons de sa mise en examen, puis de son acquittement, étaient moins constitutionnelles que platement arithmétiques et partisanes : il se trouvait assez de représentants républicains pour le faire poursuivre et assez de sénateurs démocrates pour le disculper… Voilà une dérive que les Fondateurs n'avaient pas prévue.

★

L'inculpation de Donald Trump, plusieurs semaines après avoir quitté ses fonctions, renvoyait à une autre question, plus directement constitutionnelle celle-ci : peut-on engager un procès d'*Impeachment* à l'encontre d'un ex-président qui n'exerce plus ses fonctions et a désormais le statut d'un homme privé ? Les constitutionnalistes, comme de juste, étaient partagés, mais à fronts renversés, si l'on peut dire. Ainsi Bruce Ackerman, peu soupçonné de sympathies trumpistes, se prononçait-il plutôt contre la tenue d'un procès. Il conjuguait des arguments d'opportunité à une analyse des enseignements légués par l'usage de la Constitution et ses divers amendements. Une raison politique : on peut mettre en doute l'utilité d'un procès inévitablement conclu par un acquittement, qu'une majorité des sénateurs républicains voterait moins par conviction que dans le souci de ne pas irriter la base du parti. Les faits lui donnaient raison. Mais le droit ? Beaucoup d'élus républicains, sans doute, souhaitaient voir M. Trump quitter la scène, mais n'osaient pas le faire savoir publiquement. Il sera acquitté en effet. Mais était-ce une raison suffisante pour abandonner toute poursuite contre un ex-président inculpé de « crimes et délits majeurs » d'incitation à l'insurrection ? Une autre raison évoquée, plutôt pragmatique, faisait craindre que les débuts de la présidence Biden, après une saison électorale chaotique et face à une épidémie effrénée, soient parasités par la poursuite d'une guerre des principes d'autant plus vaine que l'issue de la procédure était connue d'avance. De fait, il n'en fut rien : la nouvelle administration continua imperturbablement de vaquer à ses priorités.

Puis l'objection de fond : la Constitution envisage la destitution d'un président en exercice ; son objet n'est pas de punir un présumé coupable mais de le révoquer afin de protéger le corps politique. En revanche, le Quatorzième Amendement, adopté dans la foulée de la guerre civile, dispose (section III) qu'on peut disqualifier l'accès futur à tout emploi fédéral d'un individu convaincu de s'être engagé « dans une insurrection ou rébellion » à l'encontre de la Constitution. Cette sanction-là nécessite une simple majorité dans les deux chambres (pour l'abroger, il faut réunir deux tiers des voix également des deux chambres). Au titre de cet amendement, Trump pouvait être condamné par le Congrès pour avoir fomenté une « insurrection et rébellion » en incitant à attaquer le Capitole ; partant, il se verrait interdire d'exercer à l'avenir la fonction présidentielle s'il tentait une nouvelle candidature. Il n'était donc pas nécessaire pour sanctionner l'ancien président, conclut Ackerman, de passer par un procès en destitution largement symbolique, « pour l'exemple », qui manquerait son objet et risquait fort, de surcroît, de ne pas aboutir[1].

C'est sur la légalité de cette idée de révocation « rétrospective » qu'allaient ferrailler démocrates et républicains,

1. Bruce Ackerman et Gerard Magliocca, « Impeachment Won't Keep Trump From Running Again. Here's a Better Way », *The Washington Post*, 12 janvier 2021. Voir aussi Bruce Ackerman, « Trump's Lawyers Are Getting Andrew Johnson's Impeachment All Wrong », *Politico*, 25 janvier 2021.

secondés par nombre de constitutionnalistes, en sollicitant les quelques précédents que procure cette procédure rarissime. On cita notamment le cas d'un ancien secrétaire à la Défense, William Belknap, accusé en 1876 d'avoir touché des gratifications illégales, qui donna sa démission quelques minutes avant que s'engage contre lui la procédure d'*Impeachment*. Le Congrès, après délibération, arrêta que le ministre, même démissionnaire, devait être jugé. Il le fut dans la foulée et une majorité de sénateurs le déclara coupable, mais sans atteindre la majorité requise des deux tiers, ce qui entraîna son acquittement. Les avocats de Belknap plaidèrent que ce dernier ne pouvait plus être jugé du moment qu'il était devenu citoyen privé. Il leur fut répondu que seule comptait la question de savoir si Belknap était en fonction non pas au moment du procès mais à l'époque des faits incriminés. C'eût été illogique en effet que le Congrès juge et sanctionne uniquement des officiers civils en exercice : Belknap pouvait démissionner et ainsi échapper à son procès, avant de se faire nommer à nouveau. Et, par ailleurs, il ne paraît pas expédient à ce propos, hier comme aujourd'hui, d'en appeler aux Fondateurs : la Constitution n'ayant pas prévu de dispositions précises pour un tel cas de figure, le Congrès avait toute latitude d'en décider. Comme pour Belknap, grâce à une majorité de voix démocrates, la Chambre décida de déférer Donald Trump.

Visiblement, les sénateurs républicains n'en avaient cure. Par la voie de Rand Paul, élu du Kentucky, ils dénoncèrent le caractère inconstitutionnel de la mise en accusation avec les mêmes arguments cités un siècle et demi plus tôt. C'était méconnaître les deux attributs du pouvoir de destituer : celui de révoquer un président en exercice et celui de lui interdire d'exercer des fonctions officielles à l'avenir.

Et cette seconde sanction concerne à l'évidence l'homme privé qu'il est devenu entre-temps. C'est ce qu'a rétorqué sans fard le juriste très conservateur Charles J. Cooper, qui avait officié au ministère de la Justice sous Ronald Reagan : un vote par le Sénat afin de bannir un officiel du service public ne peut intervenir qu'après que cet officiel aura été révoqué. Et puisque la Constitution n'autorise le Sénat à prononcer cette disqualification que sur des *ex*-officiers ayant déjà quitté leurs fonctions, c'est faire affront au bon sens de suggérer qu'il est défendu au Sénat de juger et de condamner un ancien président[1].

C'est parce qu'il ne se trouvait pas de majorité qualifiée au Sénat pour révoquer Donald Trump que la question de lui interdire l'accès futur à toute fonction publique n'a pu être posée. Le voici habilité à solliciter les suffrages des électeurs pour accéder de nouveau à la présidence des États-Unis.

Restait le principe sacro-saint de la liberté d'expression, pièce essentielle du plaidoyer des avocats de M. Trump : ils invoquaient comme de juste le Premier Amendement pour poser que la charge d'incitation à l'insurrection atteignait au droit de leur client à la libre expression. « Nulle personne douée de bon sens ne peut penser sérieusement que le discours du 6 janvier au parc de l'Ellipse relevait de quelque manière de l'incitation à la violence et à l'insurrection », arguaient-ils (contre toute évidence) ; le dossier d'inculpation était vide, « fumée et faux-semblants ». La défense, de l'avis général, n'en menait pas large, mais on touchait là à un trait profondément enraciné dans la culture politique

1. « The Constitution Doesn't Bar Trump's Impeachment Trial », *The Wall Street Journal*, 7 février 2021.

américaine. D'ailleurs, en raison même du caractère assez flou de la notion d'incitation, la Cour suprême avait posé d'étroites limites constitutionnelles aux poursuites visant à la sanctionner.

Les procureurs de la Chambre balayèrent cet appel au Premier Amendement : les paroles d'un président n'ont pas le même statut légal que si elles étaient prononcées par un homme privé ; et celles exprimées par M. Trump le 6 janvier ne sauraient être isolées d'une campagne continue et concertée afin de se maintenir au pouvoir quoi qu'il en coûte, jusqu'à violer son serment. Surtout, le Premier Amendement protège les individus des empiétements du gouvernement ; il n'exempte pas les officiers publics d'être comptables des abus qu'ils commettent dans l'exercice de leurs fonctions. Le constitutionnaliste Keith Whittington y fournit la trame argumentaire. D'abord, le Premier Amendement, principe à caractère universel, ne s'applique pas à portée égale dans le « marché de l'opinion » et dans la sphère du pouvoir : « Il n'est pas difficile d'imaginer des propos constitutionnellement protégés des poursuites parce que c'est un citoyen privé qui les profère, mais qui seraient, qui doivent être, justiciables d'*Impeachment* et d'une destitution si elles sont prononcées par le président des États-Unis. » C'est une jurisprudence que la Cour suprême a ratifiée de longue date. Ensuite, il faut reconnaître qu'en matière de liberté d'expression les normes qui décident si la conduite d'un président est passible ou non d'une révocation ne cessent d'évoluer. Personne n'attend de Donald Trump de s'en tenir aux civilités de George Washington, ou même de Ronald Reagan. Les présidents d'aujourd'hui cèdent parfois à une rhétorique enflammée qui aurait outré leurs lointains prédécesseurs et dont personne aujourd'hui ne se formalise. Cependant, des normes existent, ont toujours existé, qui encadrent à chaque époque la parole de l'homme public ; et le législateur doit les appliquer, certes avec circonspection, mais il lui est défendu de les radier au nom de la liberté d'expression, laissant libre cours à tel président d'en user sans retenue pour porter la main à l'ordre constitutionnel[1].

*

Pendant quelques semaines, l'Amérique s'est livrée à une introspection nationale, revisitant ses traditions politiques, l'esprit des Fondateurs, la Constitution, les bornes institutionnelles de la liberté et vérifiant, ce faisant, l'abîme qui sépare aujourd'hui une partie d'elle-même de l'autre : au lendemain de l'insurrection, 52 % des Américains se disaient favorables à l'éviction du président et 45 % s'y opposaient, mais c'est la répartition partisane qui donnait la mesure du dissentiment national, avec 89 % des démocrates pour la destitution et 87 % des républicains contre[2]. Le procès, lui, s'est tenu selon les règles établies, bien que le prévenu ait refusé de l'honorer de sa présence, encore plus de témoigner. L'issue était connue avant même que les procureurs commencent à l'instruire. Seulement, l'acquittement de M. Trump avait peu à voir avec la teneur des faits incriminés, les considérants cités, les principes allégués, les précédents convoqués. C'est, je l'ai dit, l'arithmétique du rapport des forces politiques au sein du Congrès qui en décida. Cet *Impeachment* « rétrospectif » manqué acheva d'exacerber la politisation partisane de l'esprit des institu-

1. Keith E. Whittington, « Is There a Free Speech Defense to an Impeachment », *Lawfare*, 19 janvier 2021.
2. Sondage de Quinnipiac University, 11 janvier 2021.

tions commencée au moment de la destitution – avortée elle aussi et pour les mêmes raisons – du président Clinton.

La seule sanction qu'eut à subir M. Trump ne lui fut infligée ni par la représentation nationale ni par le tribunal de l'opinion, mais par un autre pouvoir, autoconstitué et autrement puissant, celui de Twitter, de Facebook, de YouTube, qu'il avait utilisés pendant des années comme mégaphone gratuit pour insulter, intimider, inciter, inonder le public de désinformation, et qui dès lors se résolurent du jour au lendemain à le réduire au silence en le bannissant *sine die* des réseaux sociaux par la seule autorité de leur souverain libre arbitre.

V

Misère des conventions

Le plus difficile à restaurer en démocratie, ce sont les normes tacites et les usages informels que l'on observe spontanément, de bon gré, par habitude, par tradition, parce qu'ils sont inscrits dans la « nature des choses ». Les années Trump portèrent un coup peut-être irréparable à ces attributs constitutifs de la démocratie américaine. Et l'armée des épigones de l'ancien président poursuit la besogne sans dételer, avec son concours.

LA LÉGITIMITÉ, LES MŒURS, LES LOIS

Une Constitution ne peut se résumer en effet à la somme – ni à l'excellence – des lois qui la composent. Elle est façonnée tout autant par les mœurs qui forment la physionomie d'une nation. Et elle doit sa pérennité à la légitimité qui l'entoure, aux conventions non écrites qui disposent à lui obéir et même – dans le cas des Américains – à la chérir, du moins jusqu'à une date récente.

C'est en France, sous la plume de Montesquieu et plus tard de Tocqueville, qu'on trouve la réflexion la plus féconde sur les aménagements, perceptibles ou secrets, entre les lois et les mœurs. Montesquieu met surtout en relief ce qui les distingue, Tocqueville interroge ce qui les fait agir de concert. Mœurs et lois, écrit l'auteur de l'*Esprit des lois*, appartiennent à deux royaumes séparés : les lois intéressent le législateur et visent les actions du citoyen ; les mœurs, les manières, les exemples des choses passées regardent la conduite intérieure de l'homme et, au-delà, l'identité nationale qu'ils imprègnent avec les lois. D'où l'avertissement qui vaut aujourd'hui comme hier : ce serait une erreur, « une très mauvaise politique », que de vouloir réformer les mœurs, ou corriger les manières, par la force des lois quand la nécessité ne le réclame pas impérieusement[1].

Tocqueville franchit un pas de plus. Lui ne reconnaît aux institutions qu'une « influence secondaire » sur le cours des destinées humaines : ce sont les mœurs, plus que les causes physiques et le travail législatif, qui dessinent les caractères originaux de la république américaine, révèlent sa complexion et l'esprit de ses lois[2]. Et ce que Tocqueville tient pour une « vérité établie » ne s'arrête ni à la démocratie ni à l'Amérique : « Je suis bien convaincu, confie-t-il au moment où il travaille à ce qui deviendra *L'Ancien Régime et la Révolution*, que les sociétés politiques sont, non ce que les font leurs lois, mais ce que les préparent d'avance à être les sentiments, les croyances, les idées, les habitudes de cœur et d'esprit des hommes qui les composent. » Il l'exprimera encore, presque dans les mêmes termes, en commençant son enquête sur les origines de la Révolution française. S'il admire en 1789 ce « temps de jeunesse, d'enthousiasme,

1. *De l'esprit des lois*, livre XIX.
2. *De la démocratie en Amérique*, *op. cit.*, t. I, seconde partie, chapitre IX.

de fierté, de passions généreuses et sincères », il relève, comme Edmund Burke avant lui, le projet chimérique, extravagant, des révolutionnaires de remodeler la nature humaine par l'empire de la raison et l'autorité des lois, en proscrivant tout legs du passé, mœurs, traditions, habitudes de pensée. Les Français n'en finiront pas de solder cette ambition orgueilleuse et vaine « de couper pour ainsi dire en deux leur destinée, et de séparer par un abîme ce qu'ils avaient été jusque-là de ce qu'ils voulaient être désormais[1] ».

En Amérique, au contraire, les mœurs font loi pour ainsi dire. À commencer par la religion, leur source originelle, qu'on la pratique assidûment ou s'en éloigne, qu'on l'observe dans la rigueur de la foi ou sous le mode « désenchanté » de certaines prescriptions morales. Dans la république américaine, explique Tocqueville, la religion représente une nécessité politique quand bien même elle demeure extérieure à la sphère publique ; elle est étrangère aux institutions politiques sans pour autant être dissociée de la réflexion et des actions politiques. Cette « réaffectation » temporelle fait ainsi de la religion un auxiliaire instrumental de la démocratie : c'est une ressource morale qui bride la volonté impétueuse des individus en leur défendant de faire un usage immodéré des pouvoirs que leur confère la liberté ; ce que la démocratie les autorise à vouloir, la religion, les mœurs, la sagesse de l'expérience leur conseillent quelquefois d'éviter de l'entreprendre. « En même temps que la loi permet au peuple américain de tout faire, la religion l'empêche de tout concevoir[2]. » Et c'est peu de dire que lorsque l'ascendant moral de la religion sur les affaires

1. *Correspondance* anglaise, in *Œuvres complètes*, vol. XV, t. II, Gallimard, 1983 ; *L'Ancien Régime et la Révolution*, Introduction.

2. *De la démocratie en Amérique*, *op. cit.*, t. I, seconde partie, chapitre IX.

de la Cité s'affaiblit, l'importance des conventions, autre forme d'ascendant moral, s'accroît d'autant.

Dans un des chefs-d'œuvre de la science politique contemporaine, le juriste et homme politique britannique James Bryce va « politiser » la réflexion de Tocqueville en analysant l'apport insigne des « ententes » et des « conventions » à la marche de la Constitution américaine. Aux États-Unis, comme en Angleterre, il existe des usages établis par le temps, qu'aucune loi ne sanctionne et qui sont trop vagues pour prêter à une formulation précise, mais que l'on considère comme éminemment impératifs (*binding*) : les enfreindre équivaudrait à la violation d'une loi établie. En Amérique, certes, le nombre de telles conventions est moindre qu'en Angleterre, car sous une Constitution écrite d'une seule pièce les habitudes partagées de penser et d'agir ne sauraient trop s'en écarter. « Néanmoins, plusieurs traits du gouvernement américain, qui lui donnent son caractère distinctif, ne reposent ni sur la Constitution ni sur telle loi particulière mais sur les usages seuls. » Usages et conventions font mouvoir la Constitution au côté des normes écrites : ils prirent forme dans son sillage mais ne procèdent d'aucune disposition spécifique qu'elle contient[1].

Ce que Lord Bryce appelait « ententes », « conventions », « usages », d'autres le nomment aujourd'hui « règles tacites » que l'on respecte sans raisonner, sans les interroger, et qui servent de remparts naturels, implicites, mais essentiels, de la démocratie américaine[2]. Les tout premiers, déjà évoqués,

1. James Bryce, *The American Commonwealth* [1888], rééd. Indianapolis, Liberty Fund, 1995, 2 vol., t. I, p. 349-351 (chapitre XXXIV : « The developement of the Constitution by usage »).

2. Ces « conventions » sont analysées par Keith E. Whittington, « The Status of Unwritten Constitutional Conventions in the United States », *University of Illinois Law Review*, n° 5, 2013, p. 1847-1869.

sont le rapport à la vérité et la sauvegarde de la confiance publique, le « *trust* ». Les politiques mentent beaucoup. Mais s'ils se mettent, eux et d'autres, à falsifier délibérément, ou à nier, des faits avérés qui touchent à la vie nationale – les menaces extérieures, l'étendue d'une épidémie, les résultats d'une élection… –, ils sapent les réquisits élémentaires qui cimentent la confiance publique. Ils ébranlent le bien commun que les meilleures lois ne sauraient ni préserver ni et encore moins restaurer.

Dans le domaine proprement politique, la première des conventions touche aux normes de civilité démocratique : un certain décorum, une courtoisie de forme et, surtout, la reconnaissance bipartisane de la légitimité de l'autre, l'adversaire politique, qu'on peut combattre durement, mésestimer, détester même, mais dans les bornes d'une acceptation mutuelle consentie de part et d'autre : la légitimité que lui confère le suffrage universel, ou la dignité attachée à sa fonction, non seulement nous oblige, mais nous agrée[1]. Une autre convention tacite porte sur la « retenue institutionnelle » (*forbearance*) qui, pour paraphraser Tocqueville parlant de la religion, défend d'engager tout ce que la loi n'interdit pas d'entreprendre ; ou encore, pour employer le langage de Montesquieu, qui déconseille de soutenir une loi ou une action qui heurte l'esprit des lois. L'histoire de la démocratie est riche d'exemples de ces usages informulés. En Grande-Bretagne, le choix du Premier ministre relève de la seule prérogative royale, mais personne n'imagine que la reine déroge à l'usage établi de confier la formation du gouvernement au membre du

1. Je suis dans les lignes suivantes l'étude de K. E. Whittington, *ibid.*, et l'analyse de St. Levitsky et D. Ziblatt, *La Mort des démocraties*, *op. cit.*, chapitres V-VII, *passim*.

Parlement le mieux placé pour réunir une majorité. Aux États-Unis, la limitation à deux mandats de la fonction présidentielle, inscrite dans la Constitution seulement depuis 1951, relevait pendant longtemps d'une convention que personne n'eût songé à transgresser. Les nominations présidentielles à des postes officiels requièrent le « conseil et consentement » du Sénat, mais le contenu – et l'étendue – de ces conseils et consentements a longtemps varié, dans les deux sens, au préjudice ou à l'avantage du corps législatif. De même, aucune loi n'interdit au président de destituer des juges ou de créer de nouveaux sièges pour infléchir en faveur de ses inclinations partisanes le délicat équilibre des sensibilités politiques au sein de l'institution : même Trump n'a pas osé une telle entorse aux usages, qui eût été pourtant parfaitement légale. Quant au Congrès, depuis le XVIIIe siècle, on l'a vu, il use de la procédure d'*impeachment* avec une remarquable parcimonie, avant que les derniers procès conduisent à la démonétiser. Inversement, il est arrivé également qu'on crée des « règles tacites » pour déroger aux lois et non pour les seconder : les Quatorzième et Quinzième Amendements avaient instauré le suffrage universel dans toutes les parties de l'Union, mais les États du Sud réussirent pendant des décennies à contourner la lettre de la loi afin d'empêcher les Noirs d'exercer leur droit de vote.

Si le système de freins et de contrepoids pouvait se maintenir si longtemps aux États-Unis dans un équilibre satisfaisant, c'est que les trois pouvoirs, exécutif, législatif et judiciaire, consentaient à les exercer avec une grande retenue qu'aucune loi écrite ne prescrivait formellement. C'est cette connivence secrète entre la loi et l'esprit des lois qui permit à la Constitution américaine de perdurer en bravant les rares moments où le principe de la retenue se trouva bousculé : dans les années 1930 et pendant la Seconde Guerre mondiale, quand les pouvoirs exceptionnels exercés par le président Roosevelt et certaines de ses initiatives intempestives (extension de la Cour suprême, sollicitation d'un troisième mandat, législation effrénée par décrets) défiaient l'équilibre constitutionnel ; puis à l'époque du maccarthysme (1950-1954), où la guerre froide, la peur du communisme, les rumeurs et les peurs d'un « complot de l'intérieur » installèrent la calomnie et le soupçon au cœur du système politique, sous la forme d'une sous-commission d'enquête permanente du Sénat, chargée d'auditionner les « suspects » – des politiques, des agents du gouvernement, des militaires – sur des présomptions souvent brumeuses.

Il fallait attendre les dernières décennies du XXe siècle pour voir ces deux piliers, de la reconnaissance mutuelle et de la retenue institutionnelle, s'acclimater dans les mœurs politiques du pays, avant que le poison de la polarisation les mette à mal, bien avant que Donald Trump entre en scène. Démocrates et républicains n'ont pas attendu le trumpisme pour rompre les normes de civilité démocratique et de coopération bipartisane qui régnaient à Washington jusqu'à la « révolution » Gingrich, que j'ai évoquée plus haut. L'exemple récent le plus flagrant d'un attentat légal à la tradition constitutionnelle remonte à la fin du second mandat de Barack Obama. Il touche à la question particulièrement sensible, devenue un enjeu idéologique implacable, de la nomination d'un nouveau juge à la Cour suprême. À la mort d'Antonin Scalia, brillant juriste conservateur et porte-flambeau d'une lecture « originaliste », « littérale », de la Constitution, le président Obama présenta à la confirmation du Sénat Merrick Garland, magistrat aux compétences unanimement saluées, mais dont l'accession à la Cour suprême eût modifié l'équilibre « politique » entre libéraux et conservateurs à l'avantage des premiers. Le chef de la majorité républicaine au Sénat, Mitch McConnell, refusa alors de mettre cette nomination à l'ordre du jour, la renvoyant de fait aux calendes grecques au motif qu'il n'était pas légitime de s'en occuper à neuf mois d'une élection présidentielle ; manière de suggérer que c'était au peuple d'en décider à travers le choix du prochain président. M. Garland ne sera jamais auditionné. Quatre ans plus tard, à quelques semaines seulement de l'élection présidentielle qu'il allait perdre, Donald Trump présenta à la confirmation du Sénat sa candidate pressentie à la Cour suprême, Amy Coney Barrett, brillante juriste elle aussi de sensibilité conservatrice. Cette fois M. McConnell trouva parfaitement légitime d'engager incontinent les auditions puis le vote qui devait confirmer le choix présidentiel. Dans les deux cas, les démocrates, outrés, n'y pouvaient rien puisque la Constitution autorise ce que la tradition, la culture du précédent et les mœurs parlementaires proscrivaient jusque-là sans le secours d'aucune loi. Mais les républicains n'eurent pas tort de rétorquer que, en pareille situation, les démocrates se seraient conduits de même, en exploitant à leur avantage leur supériorité numérique. Tout le problème est là, précisément, dans le recours, de part et d'autre, à la loi de la majorité pour dégrader les usages.

L'infraction aux conventions n'est pas propre à la seule démocratie américaine. Elle participe d'une radicalisation politique que le populisme de droite ou de gauche et le progressisme identitaire et « sociétal » infusent à nos mœurs publiques. Ce sont les effets différés, aujourd'hui bien analysés, de la globalisation économique et financière, d'une individualisation accélérée de nos sociétés et de la « numérisation » concomitante des rapports sociaux. Cette indifférence pragmatique, cette impatience, pour les choses héritées affecte jusqu'aux démocraties les mieux entées sur la culture du précédent et des usages non écrits. En Grande-Bretagne, on vit ces derniers temps, à la faveur des vifs dissentiments autour du Brexit, les gardiens les mieux accrédités de la tradition y porter la main pour des raisons d'opportunité. Tel l'ancien président passablement fantasque des Communes, John Bercow, qui rompit régulièrement son devoir de réserve, vénérable convention inaltérable, pendant ces mois très agités. Il alla jusqu'à dénier au gouvernement conservateur le privilège non écrit, mais observé depuis le XIXe siècle, de fixer l'ordre du jour de la Chambre, permettant ainsi à des élus hostiles au retrait britannique de l'Union européenne d'essayer de bloquer l'accord. C'était ravaler le gouvernement au rang de simple exécutant du pouvoir législatif.

Le Premier ministre Boris Johnson, cible désignée de ce coup de force parlementaire, fera pire. Résolu à couper court aux ergotages sans fin et sans boussole de la Chambre des communes sur les termes de l'accord introuvable avec Bruxelles, il prit l'initiative, elle aussi sans précédent, de proroger la vacance du Parlement, juste assez pour dépasser la date butoir qui aurait rendu irrévocable, par défaut, même sans accord, la sortie de la Grande-Bretagne de l'Union européenne. C'était la première fois qu'un Premier ministre utilisait la prorogation pour faire passer de force – et ceci explique cela – une politique pour laquelle il n'avait pas de majorité au sein de la représentation nationale. Comme le fit remarquer le Procureur du gouvernement de Sa Majesté, l'acte était éminemment inconstitutionnel à défaut d'être illégal ; et d'une portée considérable dans un pays de Constitution non écrite, où des normes sanctionnées par un long usage ininterrompu pouvaient voler en éclats d'un trait de plume, sans qu'aucune loi fût violée.

L'Amérique et la Grande-Bretagne nous livrent la même leçon : l'exercice du pouvoir est encadré autant par des dispositions formelles, constitutionnellement intangibles, que par des conventions et des tempéraments qui dissuadent d'exécuter des actes que la loi, pourtant, ne défend pas de faire valoir. Mais une fois qu'un usage a été bravé, il risque de perdre pour de bon l'ascendant naturel qui le faisait perdurer par consentement tacite. Le problème avec les conventions est qu'elles sont à la fois impérieuses et aléatoires. Une loi abolie peut être aisément restaurée par la seule règle de la majorité. Il en va autrement d'un usage dont le seul titre légitime, la seule sauvegarde, tient de l'acceptation irraisonnée qui sous-tend sa longévité. Interroger son bien-fondé, c'est déjà le mettre en péril. Y toucher suffit à l'abîmer sans retour. On songe à ce mot de Pascal sur la coutume : « Qui la ramène à son principe l'anéantit[1]. »

Et, de fait, il en est des coutumes comme des lois écrites : les unes et les autres survivent pour autant qu'elles s'imposent d'elles-mêmes aux acteurs politiques. Quand on touche à une loi, ou à une convention, aux seules fins d'un bénéfice politique, le système s'expose à de grands hasards. On le voit aujourd'hui sous nos yeux avec les procédures électorales que les républicains s'efforcent de réformer à leur bénéfice, en érigeant le soupçon en rempart légal des libertés.

LA LOI AU SERVICE DU SOUPÇON

Ces réformes, entreprises dans la foulée de l'élection présidentielle, menacent en effet d'aggraver le chaos provoqué par le refus de M. Trump de reconnaître sa défaite.

1. *Pensées*, éd. Sellier, 94.

Encore le verdict des urnes en 2020 était-il sans appel ; on imagine ce que pourrait provoquer à l'avenir un scrutin présidentiel plus serré. Cette querelle partisane, qui ne fait que commencer, est d'une grande conséquence, car elle vise à vider le processus électoral de son ressort vital : la confiance publique. Elle laisse entrevoir les ravages que peut entraîner l'abandon volontaire par les républicains de leur « surmoi constitutionnel ».

L'Amérique se trouve aujourd'hui rattrapée par les singularités d'un système électoral très décentralisé qui peut, par certains aspects, dérouter un observateur français. Dans nos traditions, il existe comme une adéquation naturelle entre la nature du vote et ses modalités pratiques. Une élection à la magistrature suprême, celle-ci en particulier, traduit en acte, partout, au même moment et selon les mêmes dispositions, le principe de la souveraineté nationale. Il est vrai que notre peuple, depuis la Révolution, tend à y mêler les accents de la souveraineté populaire, l'esprit de Rousseau aux principes du gouvernement représentatif. Mais par-delà cette tension qui continue à alimenter nos passions idéologiques, ces deux expressions de la légitimité politique renvoient, l'une comme l'autre, à la même religion de l'unité héritée de la Révolution et, plus loin, de nos rois. Dans la France formée par une centralisation administrative qui a traversé les siècles et les régimes, on ne peut concevoir un scrutin national, présidentiel ou autre, dont les mêmes règles ne s'appliqueraient uniformément partout. Aux États-Unis, république fédérale, c'est la pluralité des normes qui fait loi, inscrite dans la Constitution par les Fondateurs : chaque État en décide souverainement. Et on peut se demander à cet égard si le « code national » uniforme que les élus démocrates au Congrès essaient de promulguer – pour empêcher précisément les États gouvernés par les républicains de réformer leur code électoral – ne risque pas d'être déclaré inconstitutionnel par la Cour suprême.

Pour un étranger peu familier du système fédéral, cette hétérogénéité des normes peut paraître aussi déconcertante que certaines de ces normes elles-mêmes, devenues l'objet d'une nouvelle guerre politique entre démocrates et républicains. Depuis la dernière élection présidentielle, en effet, quelque deux cent cinquante projets de réforme du code électoral furent déposés dans quarante-trois États à majorité républicaine, et plusieurs dizaines ont d'ores et déjà force de loi. Il importe de les évoquer car ces réformes laissent entrevoir les suites chaotiques qu'elles menacent de provoquer dès les prochains scrutins nationaux.

Elles portent sur deux phases successives du processus électoral : certaines concernent la manière de voter, d'autres visent les procédures de vérification – et de contestation – des résultats. Les unes comme les autres provoquèrent indifféremment les foudres des démocrates, d'éminents universitaires spécialistes de la chose politique, voire du président des États-Unis en personne. Il s'agit pourtant de deux ordres de phénomènes différents, qu'il faut clairement distinguer pour mieux en apprécier la portée.

C'est le premier – les modalités du vote – qui donne le mieux à lire la singularité du système américain. Ce qui a motivé les républicains à les réviser, outre la défaite de M. Trump et ses jérémiades contre la « fraude », c'est le taux de participation exceptionnellement élevé au dernier scrutin présidentiel, sans doute favorisé par l'extension sans précédent du vote anticipé et du vote par correspondance – soit par courrier, soit par le biais de bureaux de vote ouverts à l'avance – dans des États qui l'autorisaient cette fois-ci en raison de la crise sanitaire : là, la participation a quasiment doublé en comparaison du scrutin présidentiel de 2016 (à l'avantage notamment des démocrates). Les conditions du vote par correspondance furent également assouplies, par exemple en Pennsylvanie où les électeurs n'avaient pas à motiver le choix d'y recourir.

État d'exception ou pas, les républicains, échaudés par l'échec de leur candidat, sont décidés à réviser les règles électorales pour prévenir une fraude dont ils ne réussirent nulle part à établir le bien-fondé. Leur contestation passablement échevelée des premiers jours fit place rapidement à l'élaboration dans plusieurs États d'un projet concerté de réappropriation du processus électoral. En Géorgie, une nouvelle loi restreint le nombre des urnes installées à même les rues pour y déposer les bulletins (*drop boxes*) ainsi que les horaires d'ouverture du scrutin ; elle resserre de même les contrôles sur l'identité des électeurs qui votent par correspondance ; et elle interdit, mesure proprement mesquine voire raciste, d'apporter des vivres et des boissons aux électeurs qui font la queue pour voter – à la dernière élection présidentielle, où l'attente pour déposer un bulletin de vote anticipé s'allongeait parfois pendant de longues heures, notamment dans les circonscriptions à forte majorité noire, des volontaires passaient distribuer de l'eau et de la nourriture. Au Texas, une nouvelle loi requiert des électeurs par correspondance de fournir soit une photo d'identité soit les quatre derniers chiffres de leur numéro de sécurité sociale ; elle proscrit par ailleurs la pratique du vote « *drive in* » qui permettait aux électeurs d'accomplir leur devoir civique depuis le confort du siège de leur voiture, comme ils le font pour s'offrir un hamburger, regarder un film ou se faire vacciner contre le Covid ; elle envisage aussi – non sans arrière-pensée partisane – d'interdire le vote anticipé le dimanche avant 13 heures, cette pratique appelée « *souls to the polls* » des électeurs noirs qui prirent l'habitude de déposer leur bulletin de vote avant de participer à la prière dominicale. En Arizona, deux lois controversées furent invalidées par les tribunaux avant d'être rétablies par la Cour suprême, certes à majorité conservatrice, mais qui n'a pas vocation à malmener le droit. La première porte interdiction de confier un bulletin de vote anticipé à un tiers chargé de le déposer dans l'urne, sauf s'il s'agit d'un proche parent. L'autre disqualifie des bulletins déposés dans un bureau de vote autre que celui où l'électeur est inscrit.

À peine connu, ce train de mesures souleva donc une furieuse réprobation. Les démocrates, secondés par les médias et M. Biden, n'hésitèrent pas à évoquer Jim Crow, lois ségrégationnistes de sinistre mémoire, qui avaient été promues dans les États du Sud pour limiter le vote des Noirs en exigeant des tests d'alphabétisation et de culture générale – elles seront abrogées par le Voting Rights Act de 1965 déjà cité. Ces récriminations alarmistes sont pour le moins excessives. Sous les lois dites Jim Crow, à peine 2 % des Noirs américains étaient inscrits sur les registres électoraux de certains États du Sud. Quant à l'usage des pièces d'identité le jour du vote, d'après une étude récente, les diverses dispositions édictées entre 2008 et 2018 pour le réguler n'ont guère affecté ni l'enregistrement sur les listes électorales ni la participation au vote, y compris des minorités ethniques, analyse que partagent nombre des spécialistes de la science politique[1].

Ces révisions méritent-elles l'excès d'indignité dont on les accable ? On peut s'interroger certes sur les raisons

1. Enrico Cantoni et Vincent Pons, « Strict Id Laws Don't Stop Voters : Evidence From a U.S. Nationwide Panel, 2008-2018 », *The Quarterly Journal of Economics*, 22 mai 2021.

– et les arrière-pensées – qui animent l'ardeur législative des républicains. Mais on voit mal ce qui peut menacer la démocratie à vouloir, de bonne ou de mauvaise foi, réglementer le vote anticipé, réduire le nombre des urnes « ambulantes », exiger des électeurs une pièce d'identité, ou interdire l'envoi d'office à l'ensemble des électeurs des bulletins de vote par correspondance…

★

Or, il en va tout autrement des mesures visant les méthodes de dépouillement à l'issue du scrutin : ici, le projet de limiter l'autonomie de l'officier civil responsable ; là, de donner aux législateurs des États le pouvoir d'invalider les résultats de l'élection présidentielle ; ailleurs, de congédier les commissions électorales dans les comtés ; ailleurs encore de délimiter – ou de supprimer – les attributions des gouverneurs, des secrétaires d'État ou d'autres agents du pouvoir exécutif, qui présidaient jusqu'ici à l'ensemble de la procédure électorale, voire, comme au Kansas, de transférer l'autorité de réformer le code électoral du gouverneur aux élus de l'État. On se souvient du haro poussé par les zélateurs de M. Trump contre les officiels « indociles » – la plupart d'ailleurs affiliés au Parti républicain – qui résistèrent aux intimations du président et de ses auxiliaires d'interrompre le dépouillement ou de contester les résultats. C'est ce genre d'« insubordination », guidée par le seul devoir civique à la loi, que les législateurs républicains entendent empêcher désormais. Ils portent atteinte, délibérément, à l'autonomie de décision des officiers publics. Au risque, redoutable, d'aggraver à l'avenir le chaos qui suivit le scrutin de 2020, le genre de crise auquel la Constitution n'offre aucun remède. Donald Trump en a d'ores et déjà défini la logique sous-jacente : « Il est inconcevable qu'ils gagnent une élection sans frauder. » Autrement dit, toute compétition électorale est d'avance minée par une fraude « systémique » dont chaque victoire démocrate fournirait la preuve tangible. Et il appartiendra à des officiels révocables à merci, surveillés par des élus à la fois juges et parties, et accessoirement aux tribunaux, d'y veiller de haute lutte. On pourra mesurer dès le scrutin de mi-mandat en 2022 les effets délétères de ces réformes.

Leurs auteurs installent ainsi le soupçon au cœur d'un processus électoral qui bénéficiait jusqu'ici de la confiance générale. Ils érigent en objet de litige – et « judiciarisent » – l'acte démocratique par excellence qu'est l'exercice du suffrage universel. Ils substituent un conspirationnisme de combat et une espèce de nihilisme légal à des conventions non écrites, intériorisées, longtemps vénérées, qui assuraient au vainqueur l'assentiment de son adversaire, une transition paisible et les gages incontestés de la continuité démocratique. Les initiatives intempestives des hiérarques républicains corrodent par anticipation le caractère même des élections. Désormais, une consultation nationale risque de ne plus être ce moment privilégié de communion civique où tout un peuple exprime pacifiquement son choix, avec la confiance informulée que le verdict des urnes, quel qu'il soit, s'imposera aux vainqueurs comme aux perdants. La prémisse promue par les trumpistes est que toute élection se trouve à la merci de manèges frauduleux, inévitables, donc prévisibles ; et qu'il faut les prévenir en soumettant la procédure électorale, de bout en bout, à la surveillance politique et judiciaire d'une armée de vigiles, auxiliaires certifiés de la loi du soupçon. Une démocratie régie par cette prémisse-là menace de ruiner sans appel les bienfaits inestimables de conventions communément avouées par un long usage. Si Donald Trump, comme c'est fort probable, se représente en 2024, et même s'il y renonce finalement, on pourra vérifier en temps réel à l'échelle nationale l'étendue des ravages que la fin de sa présidence et ses prolongements auront infligés à l'esprit des institutions : l'affaiblissement dramatique de la confiance spontanée dans les institutions politiques, l'extension légale de la défiance à l'ensemble de la procédure du vote, une judiciarisation massive des contestations électorales, des violences peut-être et, partant, un système fédéral impuissant et perclus, car privé du titre de légitimité primordial qui donne vie à tout gouvernement légal : la sanction irréfutable, et communément acceptée, du suffrage universel.

L'insurrection du 6 janvier, ses préludes et ses lendemains, ont réinstallé ainsi la hantise du complot au cœur battant de la démocratie américaine et consacré le naufrage des conventions, celles que l'expérience institue en lois non écrites et dont on n'interroge pas le bien-fondé, qu'on observe par révérence ou par habitude, et qui perdurent pour autant qu'elles suscitent l'obéissance volontaire.

VI

Convergences illibérales

Il y a longtemps que la société américaine ne vibre plus à la vénérable devise *E pluribus unum*. La ligne de fracture qui la « divise contre elle-même » va plus profond que les dissensions partisanes entre démocrates et républicains. Elle oppose deux visions inconciliables de la chose politique, l'une libérale, au sens classique, l'autre illibérale. Et elle passe à l'intérieur des partis traditionnels qui peinent de plus en plus à apprivoiser les poussées radicales en leur sein. Le Parti républicain, muselé depuis plus de quatre ans et purgé peu à peu de ses éléments modérés, est en train de se mettre en ordre de marche au service de l'ancien président, lequel, apparemment, est parti à la reconquête du pouvoir sur un programme qui se ramène essentiellement à son personnage surdimensionné. Les démocrates abreuvent leur rhétorique de poncifs progressistes qu'ils n'hésitent pas à inscrire à leur agenda politique. Grâce à ces concessions idéologiques, la théorie critique, germée dans les campus avant de gagner la sphère publique, finit par franchir les portes du Congrès.

LE PRINCIPE D'ÉGALITÉ REVISITÉ PAR LA THÉORIE CRITIQUE DE LA RACE

Un exemple éloquent de cette politisation, de cette « nationalisation », des postulats identitaires est l'idée d'« équité raciale » dont l'actuel président des États-Unis entend faire un principe de gouvernement. Cette notion nébuleuse contredit, désavoue même, la promesse d'égalité raciale revendiquée en son temps par le mouvement des droits civiques – égalité des droits, égalité devant la loi, égalité des chances, qui permet à chaque individu, suivant le mot de Martin Luther King, d'être jugé « d'après le contenu de son caractère » et non de ses origines ou de la couleur de sa peau. Les promoteurs de l'équité ne tiennent pas en haute estime le mouvement des droits civiques : ils lui reconnaissent quelques gains symboliques en faveur des Noirs, mais lui reprochent de n'avoir rien résolu sur le fond. Pour eux, cette égalité-là est non seulement spécieuse mais encore moralement répréhensible : elle privilégie encore et toujours l'homme blanc au préjudice d'autres « minorités identitaires », et d'abord les Noirs, victimes désignées, hier comme aujourd'hui, du caractère intrinsèquement raciste de la société américaine. La « discrimination systémique » incorporée autrefois à la loi, disent-ils, se perpétue de nos jours dans les mœurs.

Dans cette lecture revisitée des principes démocratiques, l'égalité des droits fait figure d'instrument pervers mis au service d'une inégalité de fait, qu'il faudrait compenser par une « égalité des résultats » : c'est l'avatar économique de la « discrimination positive » qui règne dans les universités. Le talent, le labeur, la volonté de réussir, l'aspiration à s'élever sur l'échelle sociale, ces attributs tant célébrés du rêve américain n'ont pas de place dans cette nouvelle religion de l'équité. Il y a quelques années, l'université de Californie qualifia de « microagression raciste » l'affirmation que « l'Amérique est la terre des opportunités » (*the land of opportunity*) comme celle posant que « la personne la mieux qualifiée devrait accéder à tel emploi » : elles pourraient laisser entendre que ceux qui ne réussissent pas seraient responsables de leur échec. L'Amérique des Blancs n'est jamais sortie de ce crime originel dont elle omet de répondre depuis quatre cents ans. L'homme blanc est coupable autant par son histoire que par ce qu'il est, coupable d'être né, coupable de sa domination qui continue de sévir partout, ouvertement ou insidieusement, dans la vie économique, la politique, les idées, les romans et jusqu'au langage commun le plus trivial.

L'impératif d'équité commande ainsi tout à la fois de purger la culture nationale de tout ce qui est susceptible de heurter la sensibilité des offensés, réels ou par procuration, et de redistribuer les ressources économiques, sociales, « sociétales » aux communautés historiquement lésées suivant un critère racial, ethnique, identitaire… Autrement dit, de réintroduire l'inégalité au nom d'une justice historique que le temps est venu de solder. Cette corrélation entre faiblesse et justice, ou entre puissance et indignité, est captieuse, mais son attrait idéologique est énorme, en raison de sa simplicité même, de sa trivialité illusoire. Nietzsche parlait de la loi du plus fort. Le principe d'équité intronise la raison du plus faible : la justice est du côté des faibles, du fait de leur faiblesse, réelle ou imaginaire.

Rien ne dit, cependant, que la majorité des Noirs américains adhère sans réserve à l'image peu gratifiante de victimes éternelles et d'assistés permanents que leur affectent les vigiles de l'équité. Et il n'est pas davantage certain que les militants et les élus démocrates aperçoivent les implications politiques, sociales, éthiques du théorème de l'équité raciale dont l'actuel président fait une priorité nationale. Ils ne peuvent ignorer que plus des deux tiers des électeurs de M. Biden lui donnèrent leurs suffrages avant tout pour évincer son prédécesseur ; que lui-même devait son succès aux primaires de son parti moins à ses compétences et à son charisme qu'à la volonté d'une majorité de l'électorat démocrate de barrer la route à un peloton de candidats progressistes. Et le score plutôt décevant des démocrates aux législatives dans les États cette année-là – malgré Trump – suggère peut-être que les Américains s'alarment de la marée radicale qui monte à gauche plus qu'ils ne redoutent la vague populiste qui grossit à droite.

*

On peut le vérifier aux réactions de plus en plus acrimonieuses que suscitent les visées conquérantes de la « théorie critique de la race », cœur battant de la « culture woke » et pourvoyeuse de ses ordonnances morales. Une théorie qui professe la diversité en tout, excepté dans le domaine de la pensée et devant le tribunal de l'opinion…

Il n'est pas nécessaire – il est même impossible – d'embrasser ici dans toutes ses variantes une conception mobile de l'individu, de la société, du pouvoir, de l'expérience du passé, objet d'une littérature océanique, et qui relève, autre difficulté, moins d'une théorie constituée que d'un ensemble de postulats, de préjugés, de « constructions » idéologiques érigés, souvent hors de toute argumentation, en savoir de la condition humaine. Mais il me faut désigner ses ressorts intellectuels pour mieux cerner la place qu'elle occupe dans le paysage illibéral et, partant, interroger les accointances qu'elle pourrait avoir avec le populisme.

Ses origines remontent aux années 1970, au sein de certaines facultés de droit américaines. Mais c'est en Europe qu'elle puise ses premières références : dans les idées de Gramsci sur l'« hégémonie » – l'indispensable domination culturelle des classes dirigeantes, condition de sa domination politique ; dans les écrits postmodernes des années 1960 et 1970, de Michel Foucault, Jacques Derrida et d'autres, réinterprétés et largement réadaptés. Son objet, comme l'a défini l'un des pionniers du mouvement, est de « questionner les fondations mêmes de l'ordre libéral, notamment l'idée d'égalité, la pensée légale, le rationalisme des Lumières et les principes des lois constitutionnelles[1] ». Elle repose sur deux matrices théoriques : la dénégation radicale de l'idée de connaissance, de savoir objectif des choses humaines, de vérité tout simplement ; la notion que toute société est régie par des rapports de pouvoir, des systèmes de domination, dont la culture et les institutions démocratiques ne sont que les déguisements au service des puissants. Deux propositions antinomiques donc – si toute connaissance est impossible, l'idée de « suprématie blanche » appelle elle aussi les rigueurs d'un scepticisme radical – mais que les acrobates de la théorie critique accommodent tant bien que mal, en mettant la question du pouvoir des « dominants » à l'abri des griffes de la déconstruction. Et ces postulats valent pour tout ce qui relève des conceptions progressistes de la justice sociale – la race, le genre, les minorités et jusqu'au

1. Je cite le « précis » emblématique du mouvement, écrit par Richard Delgado et Jean Stefancic, *Critical Race Theory. An Introduction*, New York University Press, 2001. Dans la littérature récente, voir notamment l'étude très critique de Helen Pluckrose et James Lindsay, *Le Triomphe des impostures intellectuelles* [2020], trad. fr. H&O, 2021.

domaine des relations internationales où s'applique depuis longtemps déjà le triage moral entre victimes exemplaires et coupables d'élection.

Dans cette théorie, l'universel est au mieux une illusion, au pire une idée artificieuse, une de plus, aux mains des dominants. L'individu reçoit son identité au sein des communautés « originelles » qui le désignent et le définissent. Ces différentes cultures – comme les cultures nationales – sont à la fois distinctes et strictement égales entre elles. Aucune n'a qualité à juger le système de valeurs des autres, ce serait les soumettre, fût-ce involontairement, à une supériorité illégitime ; ce serait reproduire la faute originelle qui souille l'histoire américaine – racisme, sexisme, arrogance patriarcale… Dans cette religion de la différence, de la séparation dans l'égalité, la connaissance de l'autre, décrétée forcément subjective, est en effet un instrument d'oppression qu'il faut abandonner. C'est que, au fond, l'expérience d'une communauté ne peut être accessible à ceux qui n'en font pas partie : le regard extérieur constitue une forme d'agression, un empiétement intrusif. Et puisque chaque communauté est supposée posséder une identité qui lui est propre, elle doit la ceindre d'un mur protecteur. Difficile de se retrouver, là encore, dans ce maquis théorique où l'on multiplie les catégories, tout en expliquant que celles produites par la nature sont des « constructions » qu'il appartient à la culture de défaire…

Sous les auspices de ces compositions intellectuelles, les relations censément égales entre individus et entre communautés sont régies en réalité par la loi du plus fort, oppresseurs d'un côté, opprimés de l'autre. Personne ne peut échapper à cette détermination : les premiers sont renvoyés à leur iniquité « systémique », les seconds à leur immuable condition de victimes. Le racisme, même sous le couvert de l'antiracisme, est un phénomène non seulement historique, mais encore inhérent à la nature de la société et à sa constitution identitaire. Il ne s'agit pas d'une anomalie que la loi peut corriger. Ici, le racisme ne représente pas une aberration politique et morale mais un héritage « systémique » du passé. Et les quelques avancées de l'antiracisme ne se produisent que pour autant qu'elles servent les intérêts des Blancs. Les législations contre les discriminations raciales, disent les professeurs de ce catéchisme, n'ont restauré qu'une égalité formelle qui recouvre, et protège, la pérennisation d'une inégalité réelle. Le racisme continue ainsi à structurer les rapports sociaux puisque l'identité raciale renvoie infailliblement, comme noté plus haut, les individus et les communautés, qu'ils le veuillent ou non, à leur intangible « essence » – ce qui n'empêche pas la même théorie critique de chercher par ailleurs à déconstruire tout essentialisme. La discrimination positive fut une réponse au mieux maladroite à ces maux. Elle permit aux Blancs de se dédouaner à bon compte en faisant don aux victimes, telle une largesse, de ce qui ne leur appartenait pas – manière sournoise d'exercer encore et toujours leur hégémonie. Et ce n'est pas telle ou telle législation qui pourrait déraciner les rapports de subordination « systémique » entre Blancs et Noirs, sous les guises captieuses de l'égalité devant la loi.

Pour y remédier, la théorie sociale de la race entend engager une révolution culturelle, revisiter l'histoire, se défaire du legs d'un passé tout entier ramené au « crime originel » qui entache l'ensemble de l'expérience américaine[1]. D'où l'éradication de monuments qui honorent

1. Certains vont jusqu'à proposer d'instaurer en réponse aux discriminations passées un « racisme à l'envers » (Ibram X. Kendi, *How to Be an Antiracist*, Londres, Oneworld, 2019).

des figures dorénavant jugées déshonorées par le nouveau canon, l'épuration des noms d'écoles décrétées mal nommées, qui n'épargne ni Washington, ni Lincoln, ni Roosevelt..., la volonté d'introduire dans le cursus scolaire le « Projet 1619 » dont j'ai parlé plus haut[1] et, pour finir, d'aligner la mémoire nationale sur les nouveaux repères émergés de cette déconstruction historique. Même la Déclaration d'indépendance n'a pu échapper à cette purge mémorielle. Six mois après l'assaut du Capitole, à la veille de la fête nationale qui commémore la Déclaration, la représentante noire du Missouri avertit sur Twitter : « Quand ils disent que le 4 juillet porte la liberté en Amérique, tâchez de ne pas oublier que la liberté à laquelle ils se réfèrent n'est que pour les Blancs. » Une logique qui n'est pas sans rappeler les reproches faits en France à la Déclaration de 1789 d'avoir manqué à ses promesses, notamment sur le droit de vote et l'égalité des femmes. C'est confondre, là comme ici, le caractère auguste des principes avec la dynamique décalée, souvent heurtée, de leur mise en œuvre. L'égalité célébrée dans l'une et l'autre déclaration n'était pas destinée aux seuls hommes ou aux seuls Blancs : elle célèbre un droit irréfragable, intemporel, qu'il fallut longtemps se battre pour faire recouvrer par l'universalité indivisible de ses titulaires. Proscrire la Déclaration d'indépendance, ou l'attaquer au prétexte de la trahison des principes, constitue non seulement un contresens historique, une méconnaissance intellectuelle de ses fondements philosophiques, un affront intersectionnel à l'intégrité nationale, mais encore un acte caractérisé de nihilisme moral.

★

1. Voir ci-dessus, Introduction, p. 11-12.

Du moment que cette guerre identitaire contre le récit national a débordé le cadre des séminaires de recherche et des publications académiques, il était inévitable qu'elle se heurte tôt ou tard à des passions contraires, nullement affectées par son pouvoir d'intimidation. On a pu le vérifier notamment aux réactions suscitées justement par le projet d'introduire à l'école la théorie critique de la race, dont beaucoup d'Américains, jusque-là, n'avaient jamais entendu parler. Un sondage réalisé en juin 2021 révèle en effet que la moitié n'en savait pas grand-chose (20 % « pas beaucoup », 31 % rien du tout) ; que seulement 16 % se disaient très favorables à son enseignement dans les écoles élémentaires, alors que 29 % s'y déclaraient très opposés[1]. Pourtant, la Ligue nationale de l'enseignement (National Education Association) prit la résolution au même moment de la faire apprendre aux écoliers, afin d'aiguiser « la compréhension et l'interprétation de l'impact du passé sur la société actuelle » ; elle promit aussi de combattre la rhétorique qui s'en prend à cette théorie et fit paraître une étude qui critique « l'empire, la suprématie blanche, l'"anti-*blackness*", l'anti-indigénisme, le racisme, le patriarcat, le capitalisme, l'anthropocentrisme ainsi que d'autres formes de pouvoir et d'oppression à l'intersection de notre société[2] ».

Seulement, depuis qu'elle a quitté les cénacles universitaires pour s'immiscer dans le débat public, la théorie critique de la race commence à susciter des alarmes, des réactions virulentes, voire une contre-offensive dans les

1. Sondage publié par Morning Consult et *Politico*, 21 juin 2021.

2. Texte cité par Jason L. Riley, « Critical Race Theory Is a Hustle », *The Wall Street Journal*, 13 juillet 2021.

médias et les réseaux numériques. Pas moins de vingt-six États ont arrêté des mesures limitant son enseignement dans les établissements publics. Les républicains ont réintroduit en juin 2021 un acte, « Sauver l'histoire de l'Amérique », qui entend priver de subventions fédérales les cours inspirés du « Projet 1619 ». Au Texas, une loi spécifique de l'État bannit son inscription au programme, empêche des cours « qui stéréotypent la question du sexe ou de la race » ou qui incriminent sur la base de ces déterminations ; elle restreint de même l'enseignement qui tient l'esclavage ou le racisme pour autre chose que l'atteinte, ou le manquement, aux principes fondateurs de la république américaine. Le Tennessee défend aux écoles publiques de professer des concepts qui provoquent « inconfort, culpabilisation, angoisse et autres formes de détresse psychologique ». J'ignore si les auteurs de cette loi percevaient l'ironie d'un acte qui retournait contre ses promoteurs la pratique de « *trigger warning* », ce « mécanisme d'avertissement » qui alerte les étudiants dans les facultés sur des passages, ou des images, susceptibles de heurter les sensibilités : le voici adopté par l'autre camp à des fins opposées. Dans l'Idaho, il est interdit aux institutions publiques d'éducation supérieure de contraindre les étudiants à « prononcer, adopter ou cautionner » des théories posant que « les individus sont intrinsèquement responsables d'actes commis dans le passé ». En mai 2021, le sous-gouverneur de l'État assembla une force spéciale chargée de « protéger nos jeunes du fléau de la théorie critique de la race, du socialisme, du communisme, du marxisme… », rien de moins[1]. En juin, le département d'éducation de l'État de Floride instruisit les maîtres d'école qu'ils devraient présenter l'histoire des

1. « The History Wars », *The Economist*, 10 juillet 2021.

États-Unis « comme la création d'une nation nouvelle, fondée sur des principes universels gravés dans la Déclaration d'indépendance ». C'était, de l'aveu même de ses auteurs, déjouer encore et toujours les méfaits de la même théorie critique de la race. Et les médias conservateurs d'emboîter bientôt le pas avec une puissance redoublée. Entre février et juin 2021, on cita sur Fox News la théorie critique de la race plus de mille trois cents fois. Ses pourfendeurs sur les réseaux sociaux poursuivent une stratégie qu'ils assument ouvertement sans complexe : rendre toxique la « culture woke » en regroupant toutes ses « insanités » sous le label « fédérateur » de la théorie sociale de la race.

Par où les extrêmes se retrouvent, dans cette guerre que se livrent les deux camps autour du « narratif national », portés par la conviction que « celui qui contrôle le passé, contrôle l'avenir... ».

DISSEMBLANCES ET CONFLUENCES ILLIBÉRALES

Il peut paraître incongru de faire voisiner sur le terreau illibéral les militants de la révolution identitaire et les zélateurs trumpistes de la grandeur américaine. Les uns et les autres ne vivent pas dans le même monde, ne voient pas la même réalité. Tout paraît les séparer, à commencer par la question nationale, précisément, et le droit national : les trumpistes se réclament d'une identité historique, héritée, unifiée, qu'ils estiment menacée par les « autres », les immigrés, les élites, les progressistes... ; dans la « culture woke », les identités sont construites, plurielles, flexibles à volonté. Séparés aussi dans leur rapport à la démocratie, que l'idéologie de la diversité assimile aux droits des communautés, des minorités, cependant que les trumpistes de toute sensibilité l'identifient spontanément à la Constitution. Ou à la religion qui ne tient guère de place dans les théories postmodernes, alors qu'elle demeure un constituant essentiel de la manière d'être américain pour beaucoup d'électeurs républicains. Ou encore à la loi, que les progressistes entendent plier aux ordonnances morales qu'ils dispensent hors de toute procédure démocratique devant le tribunal de l'opinion ; alors que les « déplorables », même quand ils attaquent le Capitole, se réclament de la loi qu'ils piétinent en croyant œuvrer à la rétablir. Enfin à la théorie : le monde progressiste est abreuvé d'une prodigalité théorique exubérante, mouvante, complexifiée à défaut d'être toujours cohérente, où la passion de la différence ne cesse d'achopper au régime de la ressemblance humaine ; les trumpistes, eux, ne revendiquent aucun système et s'en méfient, ils n'obéissent à aucun autre canon si ce n'est les slogans et les allégations conspirationnistes de leur leader, les peurs, les aversions, les ressentiments et le patriotisme qu'ils ont en partage.

Là où le populisme trumpiste et l'idéologie progressiste se retrouvent, c'est dans la représentation belliqueuse de l'ordre des choses, qu'ils cultivent avec ou sans le secours de la théorie : celle d'une société livrée à une lutte perpétuelle, guerre des droits et guerre des mémoires, où chacun désigne à sa guise les dominants, les opprimés, les « élites » de son choix, ainsi que leurs boucs émissaires de prédilection. Ces principes armés sont enhardis par l'ignorance que les uns et les autres ont en partage de ce que fut le totalitarisme et de ce qu'il put infliger pendant des décennies à des peuples privés de liberté. Affranchis des pesanteurs de la mémoire, ils s'en prennent de concert, par des voies très différentes, à la tradition libérale qui fonde la démocratie américaine, au contrat social lockéen, si l'on veut, où les instincts individuels de compétitivité et de coopération, les rivalités et les compromis, la diversité des intérêts et les désaccords politiques produisent, telle la main invisible d'Adam Smith, un équilibre satisfaisant, et même de grandes réalisations, encadrées par les mécanismes et les sauvegardes de l'ordre constitutionnel. Aux populistes et aux progressistes, cette tradition paraît non seulement utopique, mais captieuse, puisqu'elle méconnaît les deux grands ressorts qui instruisent leur vision de la société : la polarisation, la figure de l'ennemi. Ce qui les assortit, par-delà tout ce qui les oppose, c'est une même « conception politique à somme nulle », selon le mot d'un auteur américain[1] : elle considère la vérité comme une contingence instrumentale, les émotions comme une cible stratégique, la culture du *trust* comme une chimère, ou une faiblesse, le consentement démocratique comme une futilité décorative, la légitimité comme un instrument de pouvoir, la division comme une nécessité, l'inimitié comme un carburant. Diversitaires et populistes sont également habités par toute une imagerie de compétitions, conflits, haines recuites, assujettissements, humiliations historiques, violences symboliques ou réelles. Les premiers partent de l'individu, les seconds ne réfléchissent qu'en termes de communauté, de genre, de race, mais avec le même esprit réducteur. Pour les uns et les autres, la complexité n'a pas droit de cité : la simplification à l'extrême de la marche du monde est le seul mode possible de le penser, avec, pour chacun, sa manière particulière de se mettre à l'abri de la réalité, son « narratif » propre, ses complots, ses oppresseurs à punir, ses victimes à dédommager…

1. Adam Garfinkle, « The Darkening Mind », *American Purpose*, 7 décembre 2020.

Là comme ici, la science et la vérité sont tenues à distance. Le postmodernisme fraya la voie à un scepticisme radical qui finit par miner la créance spontanée accordée au savoir scientifique : puisque toute connaissance est par définition subjective, il en va de la vérité comme de la recherche expérimentale. L'ignorance volontaire, la méfiance envers les experts, le ravalement des faits scientifiques au rang de jugements « négociables » sur le marché de l'opinion sont revendiqués, dans un camp comme dans l'autre, comme une expression d'autonomie. Le savoir est devenu un point de vue. Il n'est pas besoin de s'informer pour s'estimer fondé à se prononcer. Alors que le nombre des personnes ayant accès à la science ne cesse d'augmenter, le refus d'apprendre – et la persuasion de tout connaître – progresse d'autant[1].

L'extension vertigineuse des réseaux sociaux permit à la gauche morale et à la droite populiste de s'isoler commodément chacun dans ses convictions et ses préjugés, sans avoir à les confronter. Là est la grande nouveauté, et la conséquence directement politique, de la révolution numérique. Aujourd'hui, près des deux tiers des adultes américains s'informent principalement – si ce mot a encore un sens – sur les réseaux sociaux, et les chiffres ne cessent d'augmenter[2]. Dans ce réceptacle chaotique, les informations s'écoulent à toute vitesse sans interruption, où les contenus, les opinions, les émotions ne sont encadrés par aucune règle, aucune hiérarchie, aucune instance de contrôle ; où la quête effrénée d'audience porte à favoriser les scoops et à leur donner une expression spectaculaire, donc un sens démesuré ; et où les « vérités subjectives »,

1. T. Nichols, *The Death of Expertise*, *op. cit.*, *passim.*

2. Je reprends ici mon analyse dans « Le nouveau régime de la vérité », art. cité.

les mensonges délibérés, les *fake news*, les rumeurs, les calomnies se propagent sans filtres, à l'adresse d'un public qui n'est guère armé, ou disposé, à trier, encore moins à vérifier, les informations dont on l'abreuve. La cadence torrentielle des informations, alertes et mots d'ordre déversés sur le Net conduit, par une espèce d'effet mécanique, à paralyser les formes d'argumentation rationnelle, à débiliter l'autonomie du libre arbitre.

La communication numérique est ainsi devenue un relais formidable de la polarisation politique. Elle contribue à enfermer les deux grandes tribus, multiculturaliste et populiste, dans leur cocon partisan, les érige en « communautés virtuelles » barricadées dans leurs affinités politiques et leurs certitudes idéologiques. Ces « communautés » connectées recouvrent en réalité un vaste système de déconnexion sociale. Chacune possède ses sites, ses blogs, ses prédicateurs, ses supports médiatiques bien orientés qui valident auprès de ses partisans ce qu'ils croient déjà ; qui garantissent surtout que personne, dans un camp comme dans l'autre, ne soit contrarié par l'intrusion de nouvelles déplaisantes, d'opinions fâcheuses, de projets inopportuns. Ce confort moral dispense de réflexion critique, de la volonté de convaincre et de se laisser persuader ; il rend dangereusement perméable aux mensonges, rumeurs, calomnies, qu'on tient pour véridiques parce qu'ils cadrent avec ce qu'on ressent. Le vaste réseau militant du trumpisme serait inconcevable sans ce support digital à la fois virtuel et très opératoire – la mobilisation, les manifestations, les pétitions, la campagne nationale contre « l'élection volée », l'adhésion massive, sans doute sincère, de tant d'Américains à ces allégations mensongères et, pour finir, l'émeute du 6 janvier.

La ségrégation identitaire a préfiguré la ségrégation politique des communautés *on line* qui habitent aujourd'hui l'espace illibéral. Dans les deux cas, il s'agit de constituer des affiliations fondées sur un principe d'exclusion d'ennemis historiques, politiques, identitaires, qu'on ne saurait entendre. Dans un cas comme dans l'autre, les appétences partisanes, les émotions, la subjectivité tendent à supplanter la considération des faits. Ici et là, la science et la vérité sont démentis. Pour les trumpistes, parce qu'elles n'ont pas d'importance, d'intérêt, ou parce que « les faits ne marchent pas ». Pour les légataires de la pensée critique, parce qu'elles ne sont qu'une métaphore, ou un instrument de pouvoir, ou alors un affront aux certitudes établies. D'un côté comme de l'autre, on cherche à s'immuniser contre le principe de réalité. Surtout dans les campus, foyer par excellence de l'éducation à la citoyenneté, qui servent de moins en moins à faire réfléchir les étudiants et de plus en plus à encourager leur solipsisme intellectuel et leur « souci de soi ». Une enquête de 2011 révélait que les étudiants américains ne faisaient progresser pendant leurs quatre années d'études ni leur esprit critique ni leurs dispositions à l'engagement civique[1]. L'université s'emploie plus à les prémunir des aspérités du réel qu'à leur apprendre à affronter des vérités qui risquent de heurter leur subjectivité. Il y a là une inversion radicale de la mission de tout savoir : au lieu de faire découvrir la vérité, la correction politique exige au contraire de la taire, de nier par omission ce qu'on voit et de prétendre ignorer ce qu'on sait. Parler des choses qui blessent, c'est en quelque sorte les reproduire. De cette pratique d'« emmitouflage » moral sont nés le *safe space* et le *trigger warning* déjà cités. Avec des résultats qui laissent songeur, à en croire une étude récente : les « mécanismes d'avertissement », censés protéger les êtres sensibles des

1. Étude citée par T. Nichols, *The Death of Expertise*, *op. cit.*, p. 138.

commotions affectives à la lecture de tel roman ou de telle recherche, ne produisent apparemment pas les effets voulus ; ils ne soulagent pas la détresse émotionnelle, ne réduisent pas significativement les affects négatifs, pas plus qu'ils ne parviennent à endiguer les « pensées intrusives » auxquelles s'exposent les étudiants. Les auteurs n'ont pas trouvé un seul cas où cette pratique ait produit les bienfaits voulus[1].

Cet « emmitouflage de l'âme américaine », pour reprendre le titre d'un article retentissant devenu un livre de référence, cette « protection vindicative » des âmes sensibles prépare mal à la vie professionnelle, laquelle requiert indépendance intellectuelle, esprit d'examen, sens critique et un peu d'endurance. Le droit indéfini de ne pas être offensé porte au contraire des étudiants hyperprotégés à trouver dangereuse, menaçante, toute discussion qui peut prêter au désaccord et à la controverse, le propre même de la vie de la Cité. Et la définition passablement extensible de ce qui constitue une offense contribue à entretenir un état permanent de récrimination, de ressentiment et de fureur[2]. Là encore, la « culture woke » retrouve par des voies différentes un trait constitutif du populisme illibéral. Le ressentiment et la fureur renvoient à d'autres raisons, souvent autrement dramatiques, mais elles alimentent le même poison des haines civiles qui dressent les Américains les uns contre les autres.

1. Amna Khalid et Jeffrey Aaron Snyder, « The data Is In : Trigger Warning' Don't Work », *The Chronicle of Higher Education*, 15 septembre 2021, cités par le *Wall Street Journal*, 16 septembre 2021.

2. Greg Lukianoff et Jonathan Haidt, « The Coddling of the American Mind », *The Atlantic*, septembre 2015, devenu un livre portant le même titre (New York, Penguin, 2018). Ce titre paraphrase celui de l'ouvrage célèbre d'Allan Bloom, *The Closing of the American Mind* (1987).

★

Ce que trumpistes et progressistes ont encore en partage, plus généralement, c'est l'égale méfiance envers les instruments ordinaires du processus démocratique, la délibération, la représentation, la loi de la majorité. Le gouvernement de la morale, cette forme recyclée du puritanisme, et son bras armé, la « *cancel culture* », ne consultent pas, ne votent pas, ne composent pas et, souvent, n'opinent même pas avant de livrer leurs sentences. On y voit à l'œuvre l'appropriation à grande échelle du pouvoir social sur les individus, dont Tocqueville en son temps sondait les potentialités corrosives. Non pas la tyrannie de la majorité qui, adoubée par le suffrage universel, dicte souverainement sa volonté, mais une autocratie morale autoconstituée, qui doit son empire à ce pouvoir mystérieux, arbitraire et ingouvernable, qu'on appelle l'opinion. Il trace, explique Tocqueville, « un cercle formidable » autour des idées, des mots, des habitudes intellectuelles, et celui qui ose le franchir s'expose à de grands hasards. « Ce n'est pas qu'il ait à craindre un autodafé, mais il est en butte à des dégoûts de tous genres et à des persécutions de tous les jours. » Ce pouvoir tient à la fois d'une « police de la pensée » et d'un tribunal qui juge sans audience, ni preuves, ni défense, ni plaidoiries : il se contente de prononcer. Un pouvoir despotique mais immatériel, puisqu'il n'use d'aucune violence physique ; il « laisse le corps et va droit à l'âme ». Son arme capitale est l'intimidation, l'opprobre et la proscription, que Tocqueville assimile à une mise à mort civile. Ici, le maître « n'y dit plus : vous penserez comme moi, ou vous mourrez ; il dit : Vous êtes libre de ne point penser ainsi que moi ; votre vie, vos biens, tout vous reste ; mais de ce jour vous êtes un étranger parmi nous. Vous garderez vos privilèges à la cité, mais ils vous deviendront inutiles [...]. Vous resterez parmi les hommes, mais vous perdrez vos droits à l'humanité. Quand vous vous approcherez de vos semblables, ils vous fuiront comme un être impur ; et ceux qui croient à votre innocence, ceux-là mêmes vous abandonneront, car on les fuirait à leur tour. Allez en paix, je vous laisse la vie, mais je vous la laisse pire que la mort[1] ».

Dans la conception politique à somme nulle, sur fond d'une crise de l'« intermédiarisation » propre à toutes nos démocraties, l'idée même de représentation, instrument capital de la démocratie, se trouve ravalée à une fonction purement instrumentale ou détournée de sa vocation originelle. Le pouvoir moral est par définition absolu, indivisible, qui ne s'exerce pas par délégation. Il ne prétend ni renverser la démocratie, ni abolir les élections, ni démanteler les institutions représentatives. Il s'efforce de les utiliser comme un accessoire de ses priorités idéologiques. Les trumpistes, eux, après d'autres, tendent à transformer la représentation en une version modernisée du mandat impératif. C'est en Europe que furent déposés les principes de la représentation moderne. Edmund Burke les a énoncés dans une missive célèbre à ses électeurs de Bristol : son devoir, dit-il, en tant que membre du Parlement, « est de sacrifier son repos, ses loisirs, ses plaisirs aux leurs ; et, par-dessus tout, toujours, dans tous les cas, de privilégier leurs intérêts aux siens. Mais son opinion impartiale, son jugement réfléchi, sa conscience éclairée, il ne saurait les sacrifier à vous, ou à tout homme, ou à tout groupe d'hommes [...] ; il trahit [sa charge] si, au lieu de vous servir, il assujettit

1. *De la démocratie en Amérique*, *op. cit.*, t. II, seconde partie, chapitre VII.

sa clairvoyance à votre opinion[1] ». En France, c'est Sieyès qui, au début de la Révolution, procure la définition la plus riche des rapports entre représentants et représentés. La souveraineté est indivisible et inaliénable, ce qui est aliénable c'est son exercice, le droit de représenter, celui d'élaborer, par délégation, la volonté nationale et non de servir de porte-voix aux injonctions populaires : « Un député l'est de la nation entière ; tous les citoyens sont ses commettants [...] ; il ne peut y avoir pour un député de mandat impératif, ou même de vœu positif que le vœu national[2]. » Un demi-siècle plus tard, c'est la même conception du gouvernement représentatif que soutient Tocqueville devant ses électeurs de Valognes : il serait heureux de parler en leur nom au sein de la Chambre, mais en homme indépendant de toute sujétion politique ; car « un candidat suppliant ne saurait jamais être qu'un député pusillanime, et quand on s'est courbé devant l'électeur, il est malaisé de se redresser en face des factions et du pouvoir[3] ».

Il y a longtemps que la représentation n'obéit plus exactement à cette définition d'épure. La généralisation de l'instruction réduit la distance, autrefois considérable, entre représentants et représentés. La professionnalisation de la politique tend au contraire à accroître le fossé qui les sépare. Alors que la démocratie d'opinion expose en permanence les premiers aux sollicitations et aux pressions des seconds. Les élus n'ont pas bonne presse. Aux États-Unis, le Congrès, Chambre et Sénat, est au plus bas dans l'estime publique : seuls 12 % disent lui faire confiance, moins

1. Discours prononcé le 3 novembre 1774.

2. « Sur l'organisation du pouvoir législatif et de la sanction royale », 7 septembre 1789.

3. Tocqueville, *Œuvres complètes*, vol. III, t. II (« À MM. les électeurs de l'arrondissement de Valognes », 14 octobre 1837).

que pour les médias télévisés (16 %), la presse (21 %), la police (51 %), l'armée (69 %)[1]. Cause et conséquence tout à la fois, l'épisode Trump a sensiblement aggravé l'emprise populiste sur la représentation nationale, muant les élus républicains en mandataires dociles des consignes de l'ancien président, surtout, autre paradoxe, depuis son départ de la Maison-Blanche. On a vu l'ascendant qu'il exerce par le truchement de ses sympathisants sur les membres du Congrès, ceux en particulier qui envisagent de se représenter : c'est par le biais des primaires qu'il peut agiter son pouvoir de les faire perdre, ou de faire nommer de candidats accommodants, et il ne s'en prive pas depuis un an. Là, il ne s'agit ni de morale ni à proprement parler de politique, mais encore et toujours de l'élection présidentielle perdue de 2020 : dans la perspective des prochains scrutins de mi-mandat, M. Trump invite publiquement ses partisans à priver de leurs suffrages les candidats qui ne s'engageraient pas explicitement à reprendre le combat « contre le vol » afin de lui rendre justice à défaut de le réinstaller au Bureau ovale. Seulement, ses fidèles qu'il peut faire gagner aux primaires encourent l'échec aux élections en raison même de leur fidélité. Il est trop tôt pour savoir si la bénédiction par l'ancien président est un atout électoral ou une machine à perdre.

Le trumpisme comme le progressisme cherchent à instrumentaliser la démocratie représentative pour satisfaire des pratiques qui sapent ses fondements. Et ils usent souvent, pour ce faire, des mêmes moyens : la pression, l'intimidation, la peur, l'exclusion. Dans les universités, les professeurs craignent les étudiants, au Parti républicain les élus redoutent les militants. Et tout le monde se tient sur ses

1. Sondage Gallup, juillet 2021.

gardes pour éviter de subir, qui la déchéance politique, qui la « mort civile ».

*

Enfin, la « culture woke » et le trumpisme illibéral reposent l'une et l'autre sur un négativisme radical qui leur tient lieu de raison d'être : leur seul sujet de contentement est l'exploration obsessionnelle de leur inexhaustible mécontentement. Ils n'opposent à la démocratie représentative aucune autre alternative que de vagues rodomontades et une aversion partagée. Restaurer la grandeur de l'Amérique ou réécrire l'histoire des États-Unis ne recouvrent aucun projet d'avenir. Les deux mouvements ne disent rien de précis sur le monde meilleur qu'ils appellent de leurs vœux. Ils veulent « contrôler le passé » mais ne se donnent aucun instrument pour « contrôler l'avenir », ou même l'imaginer. Déconstruire n'est pas construire. La grandeur n'est pas un programme. On voit mal, de même, à quoi peut ressembler la politique dans un village global sans frontières, sans États, sans l'énergie du sentiment national. Et pas davantage le visage d'une Amérique qui aura muselé ses « élites » et restauré, sous une forme ou sous une autre, une variante modernisée du mandat impératif. Les ressentiments, la haine, la revanche sur le passé sont des moteurs politiques puissants mais ne sont pas une politique. Il est curieux, d'ailleurs, que la surproductivité théorique de la littérature progressiste – je laisse de côté toute considération sur ses qualités intellectuelles – n'ait pas donné le début du commencement d'une réflexion proprement politique, d'une théorie de gouvernement tant soit peu utilisable hors des salles de séminaire.

Ce refus commun de penser la chose commune autrement qu'en termes essentiellement improbateurs de culpabilisation et de victimisation, avec ou sans le secours de la théorie, rend les deux mouvements à la fois intellectuellement stériles et politiquement redoutables. Dans le monde progressiste, il finit par assécher toute réflexion positive sur le destin de la démocratie américaine, tout en politisant à l'extrême, et en défigurant, l'idée même de démocratie.

CONCLUSION

Une journée sans fin

Un événement national ne s'achève pas nécessairement avec l'arrêt des tumultes qui l'ont émaillé. L'émeute du Capitole continue, et continuera longtemps, de réverbérer dans le souvenir des Américains[1]. Car les causes qui l'ont produite, les mésintelligences et les haines inexpiables qu'elle mit au jour n'ont rien perdu de leur vigueur corrosive, elles se sont plutôt exacerbées. Quel contraste avec les lendemains endeuillés du 11-Septembre ! À l'époque, une Amérique abasourdie et mortifiée retrouva dans le malheur, pour un temps, des élans de compassion, de générosité, de fraternité, d'unité surtout, que ses dissensions culturelles et politiques, déjà à l'œuvre, avaient commencé à détricoter. Ce fut une parenthèse. Le 6 janvier ne l'est pas. Cette insurrection échevelée et piteuse est l'incidence collatérale d'une crise d'identité nationale qui l'a précédée et qui n'est pas près de s'éteindre. Elle révéla aux Américains l'abîme

1. Une commission d'enquête de la Chambre des représentants sur les événements du 6 janvier, formée en juillet 2021, poursuit toujours ses travaux, mais boudée par les élus républicains, qui y dénoncent une manœuvre des démocrates guidés par des arrière-pensées partisanes, et par M. Trump qui invite les témoins convoqués à refuser de comparaître.

qui les désunit. Le traumatisme qu'elle provoqua n'aura donné lieu à aucun mouvement de solidarité, il accrut au contraire les inimitiés et les rancœurs qui énervent la vie nationale.

On pourrait plaider, en excipant des événements passés, que la démocratie américaine va surmonter cette épreuve comme elle survécut à d'autres, plus sanglantes pour certaines et autrement dramatiques – la guerre de Sécession, la crise de 1929, le maccarthysme, la lutte contre le totalitarisme, la guerre du Vietnam… Rappeler aussi que les querelles politiques et culturelles n'ont guère affecté la vitalité de la société américaine, sa créativité exubérante, les progrès fulgurants de la science, de la médecine, des nouvelles technologies. Ni la vigueur des valeurs traditionnelles attachées au rêve américain – la religion du succès, la passion du bien-être, le sentiment éprouvé comme un article de foi que « l'Amérique est la terre de toutes les opportunités », qu'aucune intimation idéologique et aucune réprobation morale, même en Californie…, surtout en Californie, n'est en mesure de démentir.

Et aucune des déclamations ébouriffantes de la théorie critique de la race ne saurait davantage faire oublier, autre note d'optimisme, que la société américaine évolue d'un pas accéléré vers de plus en plus d'intégration multiraciale. Le recensement de 2020 révèle qu'un Américain sur dix déclare aujourd'hui appartenir à deux races ou plus. Si la confraternité ethnique n'est peut-être pas pour demain, les progrès de cette « mixité » interraciale vont forcément contribuer à renouveler la manière dont les individus vont éprouver leur identité et leur appartenance ethnique. Et pas seulement au sein des communautés noires. Le mode d'intégration des Asiatiques et des Hispaniques rappelle celui des Irlandais et des Italiens au siècle passé. En 2017, près de 30 % des nouveaux mariés issus de l'une ou l'autre communauté épousaient une personne de race ou d'ethnie différente. Le taux de mariages mixtes entre Blancs et Noirs a triplé depuis les années 1980. Vers 2060, on estime que la moitié des personnes qui se définiront comme non blanches se considéreront également comme blanches. Du coup, la distinction entre Noirs, Blancs, Latinos, Asiatiques perdra son tranchant et, peut-être, le paysage ethnique s'enrichira de nouvelles catégories[1]. Certes, le racisme ne va pas disparaître de sitôt et il est impossible de prédire la résonance que pourraient avoir de tels développements sur la théorie critique de la race et la morale victimaire qui ne s'embarrassent guère des faits pour faire accréditer leurs présomptions.

Ce qui sape la démocratie américaine et ne cesse de la retourner contre elle-même, ce sont moins les dissentiments politiques, propres à toute démocratie, que les fractures culturelles qui les parasitent et les radicalisent ; c'est la manière de concevoir l'être-ensemble national, le passé, le gouvernement de la Cité. L'« emmitouflage » du corps social poursuit son œuvre. Les Américains, des universités aux grandes entreprises, vivent sous l'œil protecteur de départements des ressources humaines toujours plus étoffés qui ont la charge de veiller à leur bien-être moral, prescrire des « stages de sensibilisation », recueillir des plaintes, les peser, instruire, éventuellement sévir – la version postmoderne de surveiller et punir. La censure des mots et des gestes, secondée par une intériorisation inexorable de l'autocensure, recrée insidieusement les rapports humains sur des bases nouvelles, pour le meilleur et souvent pour le

1. Richard Alba, Morris Levy et Dowell Myers, « The Myth of a Majority-Minority America », *The Atlantic*, 13 juin 2021.

pire : cette société-là ne doit rien au doux ascendant des usages et des habitudes, et tout à l'empire de lois qui ne sont ni discutées, ni plébiscitées, ni contestées mais d'autant plus impératives qu'elles obéissent à des critères subjectifs, nébuleux, mobiles, du bien et du mal.

Le gouvernement de la morale, comme le règne de la vertu en d'autres temps et autres lieux, ne tire pas sa légitimité, on le sait, de l'autorité du nombre. Or les nombres, à les regarder de près, dessinent un tout autre tableau quand on interroge les étudiants sur leur rapport à la liberté d'expression. Près de 70 % tiennent ce droit pour extrêmement important ; 81 % veulent un campus où l'on peut s'exposer à toutes sortes de discours, même blessants ; près des trois quarts estiment que l'université n'a pas à restreindre l'expression d'opinions qui blessent ou indisposent certains groupes ; et ils pensent, dans les mêmes proportions, que la politique de diversité et d'inclusion heurte souvent (27 %) ou quelquefois (49 %) le principe de la liberté d'expression ; enfin, 63 % conviennent que le climat sur leur campus dissuade les étudiants de s'exprimer librement (ils étaient 54 % en 2016)[1]. Le règne de la vertu disparut avec la Terreur révolutionnaire. Il est difficile de prédire, même d'imaginer, ce qui peut advenir du gouvernement de la morale alors que la polarisation idéologique ne cesse de s'exacerber et que sa réprobation, certes latente mais réelle, paraît s'étendre. Cette guerre-là est loin d'être finie.

Et tout aussi hasardeux de présager les conséquences pour la démocratie américaine des dérives politiques et institutionnelles analysées dans cet ouvrage. Voilà qui nous

1. « The First Amendment on Campus 2020 Report : College Students Views of Free Expression » (enquête Gallup pour Knight Foundation sur un échantillon de 3 000 étudiants de premier cycle).

ramène à Donald Trump. Ceux qui espéraient le voir s'exiler de la scène publique sous le soleil de Floride n'ont pas tardé à découvrir qu'il n'est jamais vraiment parti. Sa popularité parmi les sympathisants républicains demeure écrasante et stable. Ses efforts pour se constituer une réserve de fidèles parmi les candidats républicains aux prochaines élections à la Chambre pourraient, s'il réussit, achever de mettre à sa botte le Parti républicain et son appareil. Depuis son départ de la Maison-Blanche, les sondages montrent invariablement qu'une large majorité des électeurs républicains souhaitent le voir se présenter à l'élection présidentielle de 2024. Quelque 40 % d'entre eux se disent partisans plutôt de M. Trump que du Parti républicain. Deux tiers de ces électeurs pensent que le parti devrait refuser l'investiture à des candidats critiques de l'ex-président[1].

Un essai récent, qui suscita une foule de commentaires, voit dans le trumpisme la plus grande menace qui défie la république américaine depuis la guerre civile[2]. L'homme et ses zélateurs, écrit l'auteur, risquent de provoquer dans les années à venir aussi bien des violences de masse que l'effondrement de l'autorité fédérale. Le scénario qui inspire ces alarmes paraît en soi plausible : Trump brigue à nouveau la présidence des États-Unis et, pour s'assurer la victoire, il use des mêmes méthodes délétères qu'il employa en 2020 pour inverser le verdict du suffrage universel, mais plus hardiment cette fois, encore plus ouvertement, épaulé par un Parti républicain aux ordres et, dans les États, un appareil politique beaucoup mieux préparé, et mieux armé, comme on l'a vu, pour contester et faire annuler des résultats non

1. Sondage du Pew Research Center, octobre 2021.
2. Robert Kagan, « Our Constitutional Crisis Is Already Here », essai paru dans le *Washington Post* le 23 septembre 2021.

conformes aux attentes[1]. Ce serait la mise en œuvre pratique de l'exclamation lâchée par l'ex-président en vue du scrutin de mi-mandat en 2022 et de l'élection présidentielle de 2024 : « Le seul moyen pour eux [les démocrates] de gagner des élections c'est de les truquer. Le seul moyen. » Si la démocratie américaine, ajoute l'auteur de cet essai, est moins apte que par le passé à prévenir, ou à dompter, une telle crise, c'est que les remparts naturels de l'ordre constitutionnel, les partis politiques, ne sont plus en mesure d'assumer leur rôle historique : le tempérament des passions idéologiques par le dialogue, l'esprit de compromis et la règle de la majorité. Le diagnostic, là encore, est probant. Les démocrates cèdent aux théories identitaires, en parole, en « éléments de langage », sinon toujours en actes, plus qu'ils ne tentent d'en apprivoiser les aspérités ; et ils embrassent les priorités de l'aile gauche du parti – taxer et dépenser toujours plus, laisser grandes ouvertes les frontières aux immigrants – sans d'ailleurs lui donner satisfaction pour cause d'insuffisance de témérité radicale. Quant aux républicains, ils résistent de moins en moins, on l'a dit et répété, aux pressions, désormais aux oukases, de la base trumpiste et à ses priorités – protectionnisme, isolationnisme, arrêt de l'immigration – très peu en phase avec la politique traditionnelle du parti. Des deux côtés, la pondération et la retenue peinent à prévaloir pour la même raison : les fractions illibérales de chaque camp aliènent trop les modérés de l'autre parti pour qu'on puisse envisager un dialogue bipartisan. Cette aversion pour le radicalisme d'en face tend, par un effet presque mécanique, à souder chaque parti contre l'autre et à durcir encore et toujours la polarisation politique.

1. Sur la législation électorale promulguée par les républicains en vue des prochains scrutins, voir ci-dessus, p. 116-123.

De là à craindre l'imminence d'un coup d'État légal des trumpistes… L'avenir n'est jamais écrit d'avance. Mais à présent, la démocratie américaine se trouve captive d'une espèce d'engrenage fatidique qui la met à la merci des extrêmes. L'assaut du Capitole révéla au monde ses fêlures, que les lendemains de l'événement allaient aggraver. Un an après – et on ne sait pour combien de temps encore –, le 6-Janvier apparaît comme une journée sans fin.

Composition : Nord Compo
Achevé d'imprimer
par CPI Firmin-Didot
à Mesnil-sur-l'Estrée, en décembre 2021
Dépôt légal : décembre 2021
Numéro d'imprimeur : 167289

ISBN : 978-2-07-297330-7/Imprimé en France

431500